KB059043

너는 나의 후회 2

A story of love and
dialogue between
a boy and a girl with
regrets.

[Author]
시메사바

[Illustration]
시구레 우이

presented by
Shimesaba × Ui shigure

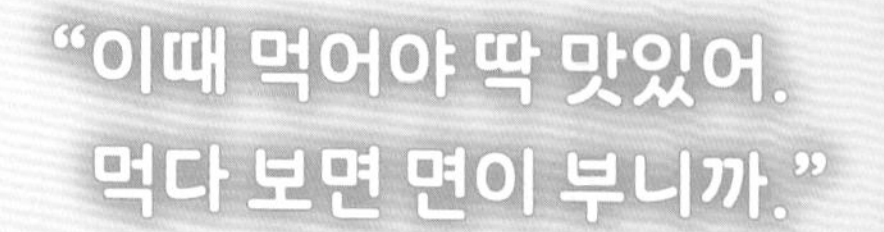

카오루가 대답하자

아이가 컵라면을 물끄러미 쳐다봤다.

그러고는 천진하게 말했다.

"있지,
한 입만 줄래?"

『아이가 있는 일상, 카오루가 있는 부실』
“아직 3분이
안 지난 것
같은데?”

"좋아하니까
그만 작별하자?"

……사랑이다.

사랑을 하고 있는 사람의 표정이다.

카오루의 입술이 슬로우 모션처럼

열리고 천천히 말했다.

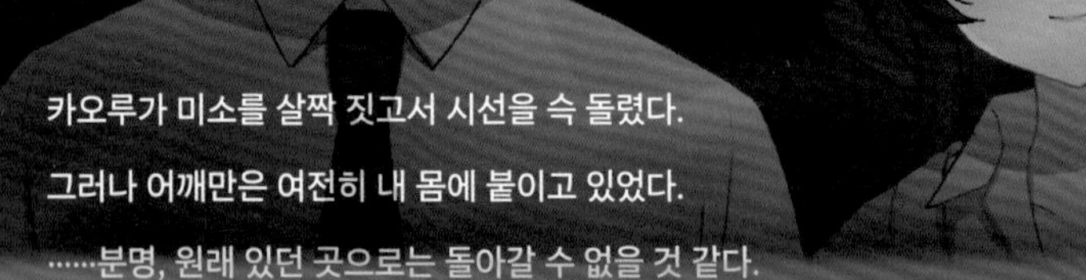
카오루가 미소를 살짝 짓고서 시선을 슥 돌렸다.
그러나 어깨만은 여전히 내 몸에 붙이고 있었다.
……분명, 원래 있던 곳으로는 돌아갈 수 없을 것 같다.
우리의 관계는 명확히 바뀌고 말았다.
눈을 내리깔고서 숨을 깊이 내뱉었다.
그래도 좋다, 그렇게 생각했다.
……창문에 비친 카오루와
눈을 마주쳤다.

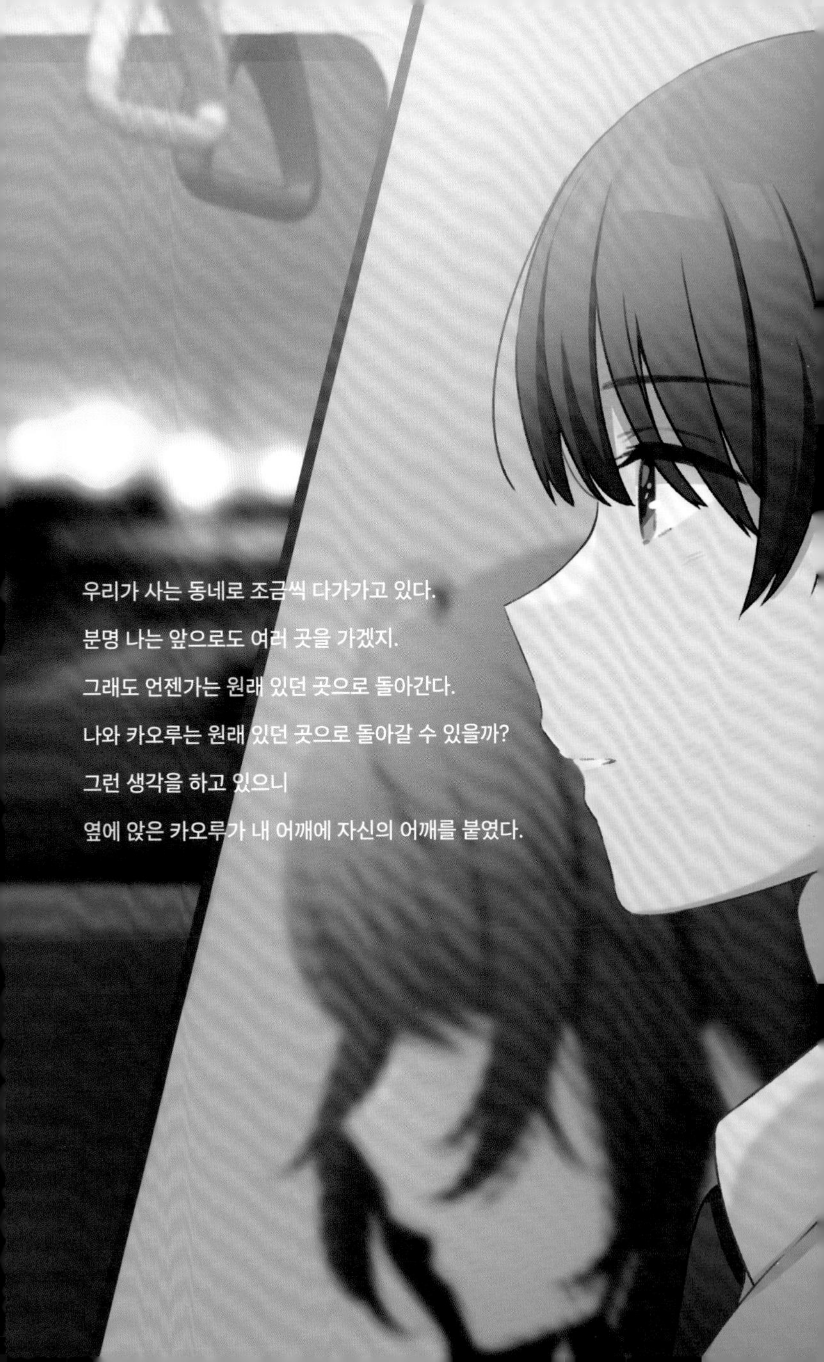

우리가 사는 동네로 조금씩 다가가고 있다.
분명 나는 앞으로도 여러 곳을 가겠지.
그래도 언젠가는 원래 있던 곳으로 돌아간다.
나와 카오루는 원래 있던 곳으로 돌아갈 수 있을까?
그런 생각을 하고 있으니
옆에 앉은 카오루가 내 어깨에 자신의 어깨를 붙였다.

CONTENTS

A story of love and dialogue between a boy and a girl with regrets.

YOU ARE MY REGRET

너는 나의 후회
2

시메사바 지음 | **시구레 우이** 일러스트 | **박춘상** 옮김

안도 소스케
고등학교 1학년.
축구부 소속 인싸.
얼굴이 잘생겼고
교우관계도 넓다.
오다지마 카오루
고등학교 1학년.
컵라면을 자주 먹는다.
퉁명스럽게 보이지만
마음씨는 상냥하다.

CHARACTERS

아사다 유즈루
고등학교 1학년.
독서부원으로 독서를 좋아한다.
미즈노 아이를, 좋아한다.
미즈노 아이
고등학교 1학년.
천진난만하고 호기심 왕성.
아사다 유즈루를, 좋아한다.

CHARACTERS

나고시 리사

고등학교 2학년.
수업을 땡땡이치기 일쑤고 옥상에 자주 간다.
축구부 전 매니저.

[프롤로그]

PROLOGUE

YOU ARE

A story of love and
dialogue between
a boy and a girl with
regrets.

MY REGRET...

나에게 후회를 안긴 사람이 있다면 너다.
엄마가 곧잘 '2등은 안 돼' 하고 말하곤 했다.
걸핏하면 입버릇처럼 되풀이하는 그 말이 지긋지긋했다.
'넌 1등이 되도록 해. 그러지 않으면 살아갈 수가 없어.'
그런 소리를 들을 때마다 그저 짜증이 났다. 나는 귀를 막고서 그 말이 지나가기만을 기다렸다.
1등 따윈 될 필요가 없다. 되고 싶다고 해서 될 수 있는 것도 아니다.
알고 있다.
나에게는 나만의 우주가 있다.
그렇게 믿고 싶었다.
그 누구도 침범할 수 없는 나만의 자유로운 우주가 있고, 나는 그 안에서 근심 없이 살아간다.
타인과 깊이 얽히지 않는다면 배신당할 일도, 실망할 일도 없다.
그거면 충분한 줄 알았는데.
나는 우주를 표류하면서 아무 소리도 내지 않고, 그 누구의 교신도 받지 않은 채…… 달콤한 고독 속에서 살고 있었다.
그런데 내가 발신하지도 않은, 마음속에 가둬놨던 SOS 신호를 네가 멋대로 수신했다.
"우리…… 같은 부활동, 동료잖아?"
그 달콤하고도 매혹적인 말에 나는 혹하고 말았다.

알고 싶지 않았다.

내가 모르는 우주가 있다는 사실을.

알고 싶지 않았다.

다른 우주와 얽히면 그 안에 말로는 표현할 수 없는 '순위 매기기'가 기다리고 있음을.

너는 나라는 우주에 넙죽넙죽 접촉했으면서.

정신을 차려 보니 또 다른 우주로 여행을 떠나려고 하고 있다.

'1등이 되도록 해.'

알고 싶지 않았다.

1등이 되고 싶다고 간절히 바라는 이 어리석은 감정을.

나에게 후회를 안긴 사람은 너다.

그리고…… 내민 그 손을 잡아버린 나 자신이다.

EP.01

1장

YOU ARE MY REGRET...

A story of love and
dialogue between
a boy and a girl with
regrets.

방과 후 왁자지껄한 소리가 새어 드는 축축한 부실.

살짝 열어둔 창문을 닫으니 에어컨 냉기가 강하게 느껴졌다. 대신에 여름 냄새가 급속도로 옅어져갔다.

나는 왠지 창문을 다시금 활짝 열었다.

휴웅, 하고 불어드는 바람 속에 여름다운 무더운 공기와 흙, 햇볕 냄새가 섞여 있었다.

나는 그 냄새를 한가득 들이마시고서 창문을 닫았다.

냄새란 왜 이리도 금세 사라지고 마는 걸까.

아쉬움이 들긴 하지만, 창문을 계속 열어두면 땀이 쉴 새 없이 흘러내리는지라 독서에도 집중할 수가 없다. 그래서 나는 체념하고 창문을 닫은 뒤…… 정위치인 파이프 의자에 앉았다.

책장을 넘기는 소리와 낡아빠진 에어컨이 열심히 냉기를 토해내는 소리만이 부실에 울렸다.

이야기에 몸을 맡기는 이 시간은 나에게 특별하다.

묵묵히 독서를 이어나가다가 1장을 다 읽었을 즈음, 나는 부실 안을 의식했다. 벽시계를 힐끗 보니 벌써 최종 하교 시각까지 한 시간밖에 남지 않았다.

한여름이라서 날이 길다. 하교 시각이 다가오고 있는데도 창밖을 보니 아직 하늘이 훤하다.

……오늘은 이제 안 오려나.

그렇게 생각한 순간, 타이밍을 재기라도 한 것처럼 부실 문이 드르륵 열렸다.

기대감에 눈을 반짝이며 문 쪽을 보니 내가 생각했던 사람이 아닌 다른 학생이 서 있었다.

"뭐야, 그 얼굴은."

그 학생이 장난스러운 눈빛으로 나를 쳐다봤다.

나는 낙담한 속내를 드러내지 않으려고 애써 평온한 척 굴면서 고개를 천천히 가로저었다.

"아니…… 평소랑 똑같잖아. 그보다도 무슨 일이야?"

"돌아가기 전에 유즈루 얼굴을 봐두려고."

부실 안으로 성큼성큼 들어온 사람은 아이다.

미즈노 아이.

내 첫사랑이자 첫 실연을 겪게 한 상대이기도 하다.

아니, 실연이라는 표현이 적절한지는 잘 모르겠지만……, 어쨌든 나와 그녀는 '커뮤니케이션 부족' 때문에 연애의 끝을 맞이했었다.

그러나 지금은 이렇게 같은 고등학교에 다니고 있고, 자연스럽게 대화를 나눌 수 있는 관계를 회복했다.

기적 같은 인연으로 재회한 여자애다.

"또 학교 탐색하려고?"

나는 물었다.

아이가 방과 후 학교를 좋아한다고 알고 있다. 흥미를 느끼는 것들이 너무 많아서 어느 부에도 들지 않았고, 수업이 끝나면 이 시간까지 학교 건물 안을 어슬렁거린다.

내 생각에는 학교를 매일 탐색하면서 신선한 즐거움을 얻을 수 있을지 의문이긴 하지만, 그녀에게는 그녀 나름의 즐기는 법이 있음을 알고 있다.

"응, 해가 질 무렵의 학교는 재밌으니까."

"그래?"

아이가 당연하다는 듯 고개를 끄덕이자 나도 웃어줬다.

아이는 내 옆을 천천히 지나 평소였다면 다른 인물이 앉아 있었을 소파에 앉았다.

"오늘은 카오루 짱이 없네."

아이가 그렇게 말하자 나는 무표정하게 고개를 끄덕였다.

그래. 오늘은 독서부원인 '오다지마 카오루'가 아직 오지 않았다.

평소에는 아이가 앉아 있는 저 소파에서 컵라면을 스르릅 먹거나 스마트폰으로 퍼즐 게임을 하곤 하는데.

"그래서 카오루 짱이 오길 기다리고 있는 거야?"

아이가 눈을 살짝 가늘게 뜨고서 나를 쳐다봤다.

사실 그 말이 맞긴 하지만, 이렇게 노골적으로 물으니 창피했다. 나는 대답을 얼버무리듯 되물었다.

"왜 그렇게 생각해?"

"내 얼굴을 보고 실망했으니까."

"실망한 적 없어."

"근데 날 반기는 표정은 아니었어."

아이가 노골적으로 토라진 표정을 지으며 말했다.

"미, 미안……."

기분을 상하게 한 것 같아서 사과하자 아이가 장난스럽게 웃었다.

"농담이야. 기다리던 사람이 안 오면 서운한 법이잖아?"

뭐라고 대답할 수가 없었다.

요 며칠 동안, 카오루가 부실에 나타나지 않았다.

카오루가 부실에 오지 않은 것 자체는 이상한 일이 아니다. 적어도 예전이었다면.

애당초 독서부 자체가 유령부원의 집합소 같은 부활동이다. 제대로 활동하는 부원은 나를 빼고는 전무한 상황이다.

그런 현실 속에서 같은 반의 오다지마 카오루는 '이따금씩 부실에 얼굴을 내미는 부원'이었다.

그러나 아이가 전학을 오면서 내 인간 관계가 바뀐 것을 계기로 카오루도 심경에 무슨 변화가 일었는지 나에게 '앞으로는 매일 부활동에 참가할까?' 하고 선언했다.

그리고 지난주까지는 선언한 대로 정말로 매일 부실에 얼굴을 비쳤다.

그런데 카오루가 오늘을 포함하여 사흘 연속으로 나에게 일언반구도 없이 부활동을 쉬었다.

교실에서는 평소처럼 생활하고 있지만, 나는 걱정이 됐다.

오늘도 '부활동 올 거야?' 하고 물었더니 '아마 갈 거야' 하고 대답하고서는 오지 않았다.

"다투기라도 한 거야?"

아이가 묻자 나는 고개를 저었다.

아이가 나를 곁눈으로 보고서 혼잣말을 했다.

"뭐, 투덕거리는 게 일상이긴 하니까……."

아이가 그렇게 중얼거렸지만 나는 긍정도, 부정도 하지 않았다.

그녀의 말대로 카오루와 시답잖은 원인으로 자주 말다툼을 벌이곤 하지만, 이튿날이 되면 서로 스스럼없이 대한다. 그 정도로 나와 카오루는 '사고방식이 다르다는 걸 서로 인정한 사이'다.

그렇기에 신경이 쓰였다.

그녀가 부실에 올 수 없는 이유가 있다면 과연 뭘까.

처음으로 유령부원이 아닌 동료가 생긴 줄 알았더니 이유도 알 수 없이 다시 유령부원으로 되돌아가고 말았다. 그 사실이 슬펐다.

"다음에 만나면 넌지시 물어볼게."

아이가 그렇게 말했지만 나는 '응, 부탁할게' 하고 작은 목소리로 대답했다.

방금 전에 내가 닫았던 창문을 아이가 드르륵 열었다. 부드러운 바람이 아이의 뺨을 쓰다듬었다. 그녀의 머리카락이 살랑살랑 흔들린다.

"완연한 여름이네."

아이가 중얼거리는 소리를 나는 묵묵히 듣기만 했다.

"여긴 좋네. 조용하지만, 계절 냄새가 확실히 풍겨서."

아이가 온화한 표정으로 창밖을 바라보고 있다.

운동부원들의 목소리. 바람이 불어 나뭇잎을 스치는 소리. 끊임없이 맴맴거리는 매미 울음소리.

여름의 리듬이 들려온다.

그런데 그 속에서 카오루의 인기척이 느껴지지 않아서 형언할 수 없는 불안감이…….

마음이 쓸쓸해지려고 할 차에 부실 문이 또 드르륵 열렸다.

놀라서 돌아보니 언짢은 듯한 얼굴로 미간을 찡그리고 있는 카오루가 서 있었다.

"카오루……!"

내가 무심코 외치자 카오루가 나를 힐끗 보고서 창가에 있는 아이에게 말했다.

"아이, 창문 닫아 줘. 부실이 시원할 것 같아서 왔는데."

"어? 근데 바람이 불어오는 것도 상쾌하지 않니?"

"됐고. 지금 에어컨이 돌아가고 있다는 게 믿기지 않을 정도로 찜통이거든."

카오루가 퉁명스럽게 말하고서 부실에 들어왔다.

"엥~, 진짜 닫아?"

"불만이 있으면 나가. 넌 부원도 아니고."

"아이 참~…… 그러면 하는 수 없지."

카오루가 협박조로 말하자 아이가 뾰로통해하면서도 순순히 소파 구석으로 이동했다. 창문을 닫을 권리를 카오루에게 양도하는 듯했다.

카오루가 망설이지 않고 소파에서 몸을 내밀어 창문을 탁

닫았다.
그리고 가슴 쪽으로 손을 올려 부채질을 파닥파닥 하면서 골골대고 있는 에어컨을 올려다봤다.
“너무 더워. 진짜로 냉기가 안 나오나?”
“이렇게나 더우니 에어컨도 뻗어버렸을지도 모르지.”
“에어컨이 더위에 뻗어버리면 달아 놓은 의미가 없잖아.”
아이가 내뱉은 진담인지 농담인지 모를 말을 흘려 넘기면서 카오루가 소파에 몸을 깊숙이 기댔다.
그 모습을 보고 나는 표현할 수 없는 안심감이 들었다.
“……뭐야.”
카오루가 불현듯 시선을 든 바람에 눈을 마주치고 말았다.
그녀가 째려보듯 실눈을 뜨자 나는 황급히 고개를 돌렸다.
“아냐, 암것도.”
내가 얼버무리자 아이가 코로 숨을 흠 내뱉었다.
그러고는 별 수 없다는 표정을 짓더니 보호자라도 된 것 같은 눈빛으로 나를 쳐다봤다.
“카오루 짱이 오질 않아서 쓸쓸했대.”
“아니, 그런 말은 한 적이.”
“말은 안 했지만, 그런 표정이었는걸.”
아이의 목소리는 한없이 부드러웠지만, 나를 놔줄 생각이 전혀 없는 듯했다.
쓸쓸했다. 그렇게 심플하게 표현하니 왠지 겸연쩍긴 하다. 그러나 내 기분을 간략하게 정리할 수 있는 단어는 그

뿐인 것 같기도 하다.

카오루가 아이와 나를 번갈아 보고서 흥, 하고 콧소리를 냈다.

"과장하기는. 고작 이틀 쉬었을 뿐이잖아."

카오루는 전혀 주눅이 들지 않았다.

그녀의 말투에 익숙해졌기에 평소였다면 그런 말에 화가 날 리가 없을 텐데……, 오늘은 왠지 조금 짜증이 났다.

"매일 오겠다고 했으면서."

가볍게 빈정거릴 생각으로 입을 벌렸는데 생각보다 목소리가 까칠해서 되레 당황했다.

그 당혹감이 전해졌는지 아이가 놀란 듯 입을 가볍게 벌렸고, 카오루는 조금 거북한지 머리카락을 끝을 만지작거렸다.

"아니, 뭐…… 내게도 여러모로 사정이 있단 말이야."

그녀가 머리카락을 만지작거리면서 떠듬떠듬 대답했다.

나는 그 모습을 보고서 가슴속 '불안감'이 커다랗게 부풀어가는 것을 느꼈다.

그녀에게 '여러 사정'이 있다는 걸 나도 알고 있다.

몰랐다면 부활동을 이틀 연달아 쉰 것 가지고 걱정하지도 않는다.

"저기, 카오루."

내가 부르자 카오루는 눈만 돌려 나를 쳐다봤다.

"무슨 일, 있어?"

나는 그렇게만 물었다.

아이는 분명 카오루의 '학교 밖 사정'을 모른다. 그리고 그것은 꽤 민감한 이야기인지라 아이 앞에서는 이렇게 심플하게 물어볼 수밖에 없다.

여태껏 나를 쳐다보고 있던 아이가 무언가 눈치 챈 것처럼 창밖으로 시선을 슥 돌렸다. 이런 면은 참 어른스럽네, 하고 느꼈다.

카오루는 내 얼굴을 몇 초쯤 형언할 수 없는 표정으로 쳐다본 뒤 코로 후, 하고 숨을 내뱉었다.

그러고는 고개를 천천히 저었다.

"없어, 아무 일도."

내 눈을 바라보며 태연하게 말하는 카오루.

나도 그녀의 눈을 지그시 쳐다봤지만, 그 속에 담긴 감정을 읽어내지는 못했다.

숨을 서서히 내뱉었다.

"……그래. 그럼 다행이고."

"그냥 용무가 있었을 뿐이야. 미리 연락하지 않은 건 미안하지만."

"맞아. 한 마디쯤 해줬으면 이렇게 걱정하지 않았을 텐데."

"유즈가 내 보호자라도 되는 거야? 애당초 유령부원이었던 녀석이 며칠 부활동하러 오지 않은 게 이렇게나 걱정할 일이야? 보통."

카오루가 콧방귀를 뀌자 나는 어깨를 들썩였다.

“이제 유령부원이 아니잖아?”

내가 묻자 카오루는 어째선지 말문이 막혀서는 거북한 듯 눈을 돌렸다.

“어, 뭐…… 응…….”

“……?”

왜 그 대목에서 그런 표정을 지은 거지? 카오루의 얼굴을 보면서 그렇게 생각하고 있으니 아이가 이쪽을 쳐다보고 있음을 깨달았다.

“유즈루는 카오루 짱이 부실에 있어 주는 게 정말 기쁜 거구나.”

아이가 읊조리듯 말하자 옆에 있는 카오루가 아이 쪽으로 고개를 홱 돌리더니 손바닥으로 무릎을 찰싹 때렸다.

“그럴 리가 없잖아! 유즈는 내가 있든 말든 맨날 책만 읽으니까.”

카오루가 사나운 표정으로 그렇게 항변했지만, 아이는 응응, 하고 부드럽게 맞장구를 쳤다. 그리고 카오루가 말을 마치자 고개를 갸웃거리며 말했다.

“근데 둘이서 각자 딴 일을 하고 있는데도 모두 편안해 보여서. 그거 아주 친하다는 증거 아냐?”

“아니………… 그게…….”

카오루가 입을 뻐금거리다가 말문이 막혀 버렸다.

아이만 혼자서 싱글벙글 웃고 있다. 부실 안에 뭐라 형언할 수 없는 민망한 분위기가 감도는 듯했다.

나는 어험, 하고 헛기침을 했다.

아이와 '엇갈림'을 겪은 뒤에 배운 게 있다.

머릿속 생각을 말로 확실히 표현하는 편이 낫다는 것. 이 또한 말로 표현하면 굉장히 간단해 보이지만 이게 참 어렵더라.

지금도 솔직하게 표현하려고 하니 왠지 겸연쩍다.

"카오루가 부실에 있으면 마음이 차분해져."

내가 말하자 카오루가 눈이 동그래져서는 나를 쳐다봤다.

아이는 여전히 싱글벙글 웃고 있다. 흥미진진해하는 눈동자로 나와 카오루를 번갈아 보고 있다.

"요즘에는…… 혼자 있을 때보다도, 편해."

솔직한 심정이다.

카오루가 저 소파에 깊숙이 앉아 라면을 먹거나, 스마트폰 게임을 하는 모습은 이미 내 일상 속에 녹아들어 '당연한 풍경'이 됐다.

카오루가 부실에 오게 되기 전에 나에게 방과 후는 '혼자서 책을 읽는 시간'이었건만, 지금은 그것만으로는 부족한 감이 있다.

카오루가 눈을 몇 번 깜빡이더니 쳇, 하고 크게 혀를 찼다.

"진지한 얼굴로 낯부끄러운 말 좀 하지 말아줄래."

누가 봐도 멋쩍어서 내뱉은 말이지만, 내 말이 낯부끄러운 건 사실이므로 나도 킁, 하고 콧소리를 내고서 더는 아무 말도 하지 않았다.

나와 카오루의 대화를, 눈동자를 이리저리 돌리며 구경하던 아이가 쭈뼛쭈뼛 일어나더니 내 쪽으로 스스슥 다가왔다.

그러고는 목소리를 낮춰 말했다.

"나, 나랑 있을 땐, 어떤 느낌…… 인가요?"

그녀가 묻자 나는 할 말을 잃었다.

허둥지둥 다가와서는 이렇게 귀여운 질문을 하는 것도.

가까이 다가오니 산뜻하고도 달콤한 향기가 풍기는 것도.

동그랗고 반짝이는 눈동자로 쳐다보는 것까지 모두.

"…………아니, 그게……."

두근두근거린다고 차마 말할 수가 없었다.

내가 우물거리고 있으니 아이가 호기심 어린 눈으로 나를 뚫어져라 쳐다봤다. 소파 쪽에서 기막혀하는 한숨이 들려왔다.

"주전자에 물 좀 채워올게."

카오루의 그 말에, '어떻게 대답하지'라는 난제에 시달리던 내 의식이 해방됐다.

"아, 이미 채워져 있어."

소파에서 일어서려던 카오루가 놀란 눈으로 나를 쳐다봤다 부실 구석에 감춰진듯 놓여 있는 전기 주전자 쪽을 확인했다.

주전자 안에는 이미 500밀리리터 눈금 부근까지 물이 채워져 있다. 물론 물을 채워온 사람은 나다.

카오루가 다시 내 쪽으로 시선을 돌렸다. 설명을 바라는 듯했다.
"아니…… 카오루가 오면, 뜨거운 물을 쓰지 않을까…… 싫어서……."
내가 말하자 카오루가 입꼬리를 내리고서 본 적도 없는 표정을 지었다. 화가 난 건지, 기뻐하는 건지 아리송한 표정.
"아, 기쁜가 봐."
아이가 순진하게 말하자 카오루가 아이를 찌릿 째려보고서 '시끄러워' 하고 일축했다.
그러고는 전기 주전자로 부리나케 다가가 가열 버튼을 눌렀다.
"……고마워."
"천만에요."
카오루가 이쪽을 보지도 않고 고마워하자 어째선지 나는 고개를 꾸벅 숙였다.
"……왠지, 질투 나네."
아이가 불쑥 말했다. 실눈으로 나를 보고 있다.
내가 난처해하자 아이가 활짝 웃었다.
"내가 오기 전까지 두 사람은 여기서 시간을 쌓아왔던 거구나."
아이가 소파에 다시금 고쳐 앉았다. 카오루도 그 옆에 툭 앉았다.
"그렇게 대단한 시간을 보냈던 건 아냐."
카오루가 대답하자 아이가 고개를 붕붕 흔들었다.

“같은 장소를 공유한다는 건 그런 거야. 서로 그렇게 의식하지 않았더라도 같은 장소에서 시간을 키워나갔어. 그리고 마음속에서 소중한 무언가가 생겨나겠지, 분명.”

그런 말을 주저 없이 하는 아이를 곁눈으로 보고서 카오루가 입꼬리를 살짝 올렸다.

“아이는 왠지…… 우리보다 훨씬 깊은 곳을 보고 있는 것 같아.”

“어? 그렇지 않아!”

“그렇대도. 나 같은 꼬맹이랑 어울려도 재미가 있겠어?”

카오루가 말하자 아이의 표정이 바짝 굳어버렸다. 카오루가 실언이었다고 여겼는지 ‘아, 아냐’ 하고 입을 열었다. 그러나 카오루가 말을 채 잇기 전에 아이가 다시 생긋 웃더니 팔꿈치로 카오루의 팔을 툭 건드렸다.

“당연하잖아! 그렇지 않으면 굳이 얘기를 하러 오겠어!”

“아니, 그래도, 아이는 유즈루랑 얘기하고 싶어서…….”

“아니, 그건 아냐.”

아이가 카오루의 말을 끊고서 그녀의 눈을 바라보려고 했다.

“두 사람이랑, 얘길 하고 싶어서 오는 거야.”

아이가 단호하게 말하자 카오루의 입에서 ‘으……’ 하는 작은 소리가 흘러나왔다.

그리고 눈을 내리깔았다.

“미안, 왠지 엄청 무신경한 소릴 한 것 같아.”

"아니, 괜찮아. 카오루 짱은 상냥하네."

아이가 카오루의 어깨를 쓰다듬자 카오루가 살짝 미소 짓고서 아이를 쳐다봤다.

두 사람이 따뜻한 눈빛으로 서로를 쳐다보며 대화를 나누고 있다.

나는 더는 할 이야기가 없을 것 같아서 책상 위에 놔뒀던 문고본을 들어 천천히 펼쳤다.

때마침 딸깍, 하고 물이 다 끓었음을 알리는 소리가 울렸다.

카오루가 비닐봉투에서 컵라면을 부스럭부스럭 꺼낸 뒤 주전자를 가지러 갔다.

"입으로는 덥다고 하면서 라면을 먹네?"

아이가 물었다. 나는 뿜어져 나올 것 같은 웃음을 참았다.

아이도 나와 똑같은 의문을 품는구나 싶어서 왠지 재밌었다.

"아무리 더워도 배는 출출해지는 법이잖아."

"그래도 굳이 라면을 먹을 필요는."

"여기서 라면을 먹는 게 나한테는 '일상'이거든."

"흐음."

내 시야 구석에 물을 붓고 있는 카오루를 물끄러미 쳐다보고 있는 아이의 모습이 비쳤다.

뭐든지 흥미진진하게 쳐다보는 아이가 정말로 어린애 같았다. 그러나 그 가슴속에는 도저히 고등학생이라고는 할 수 없는 강고한 철학이 있다…….

알면 알수록 신기한 여자애다.

그리고 그 옆에서 컵라면 덮개를 닫은 카오루도 그에 못지않게 신기한 아이인 것 같다.

늘 범접할 수 없는 위압감을 휘감고 있는데 막상 다가가면 뭐라 형언할 수 없는 붙임성이 있다.

나보다도 타인의 마음을 훨씬 더 잘 헤아리는 뛰어난 통찰력을 갖고 있건만 그에 상반되게 타인을 거부하는 듯 보인다.

그런 그녀가 자신의 안식처로 이 부실을 선택해 줘서 왠지 자랑스럽다.

아이가 있는 일상. 그리고 카오루가 있는 부실.

둘 다 내가 최근에 손에 넣은 귀한 보물이다.

몇 분 뒤 카오루가 컵라면 덮개를 열고서 젓가락으로 내용물을 휘저었다.

"아직 3분이 안 지난 것 같은데?"

아이가 작은 새처럼 고개를 갸웃거리자 카오루가 흥, 하고 콧소리를 냈다.

"이때 먹어야 딱 맛있어. 먹다 보면 면이 부니까."

카오루가 대답하자 아이가 컵라면을 물끄러미 쳐다봤다.

그러고는 천진하게 말했다.

"있지, 한 입만 줄래?"

"교칙 위반인데."

"못 본 척해주고 있는데?"

카오루가 비아냥거리자 아이가 태연히 받아쳤다.

카오루가 놀랐는지 고개를 들어 아이를 봤다.

"아이도 그런 꼼수를 쓸 줄 아네."

"뭐야, 날 놀리는 거야!"

"후후, 농담이야."

카오루가 키득 웃고서 아이에게 젓가락과 함께 컵라면을 건넸다. 아이의 표정이 환해진다.

"고마워!"

아이가 컵라면을 받아 젓가락으로 면을 살짝 집었다. 후우후우, 하고 불어서 면을 식힌 뒤 스르릅 빨아들였다.

그러고는 우물우물 씹은 뒤 카오루를 쳐다봤다.

"으~음……."

"뭐?"

"역시 이거 좀 딱딱해."

"딱딱한 편이 더 맛있잖아."

"그런가아."

"불평할 거면 돌려줘."

"아~! 한 입만 더 먹으려고 했는데."

왁자지껄 소란을 피우는 두 사람.

문고본을 내려다보며 집중하니 두 사람의 목소리가 새 지저귐처럼 배경음악이 되어간다.

두 사람이 친하게 대화를 나누고 있을 뿐인데도 마음이

편안해지는 듯했다.

소소한 행복이 담겨 있는 이 공간에서 독서를 한다. 몹시 소중한 시간이다.

너무나도 기분이 좋아서 나는 염두에 두지 않았다.

이 공간이 사라져 버릴 수 있는 가능성을.

'오다지마 카오루'가 마음속에 숨겨둔 분노와 슬픔과 고독을.

그리고…… 그녀가 품었던 후회를.

EP.02

2장

YOU ARE

A story of love and
dialogue between
a boy and a girl with
regrets.

MY REGRET...

오전 수업을 마치고 점심시간이 되니 이완된 독특한 분위기가 교실에 감돌았다.

드디어 오늘 하루도 반환점을 돌았다……, 하고 안도하는 듯한 한숨들.

드디어 점심을 먹는구나……, 하고 기뻐하는 듯한 목소리들.

그 분위기 속에서 수업시간에 무의식적으로 긴장하고 있던 몸과 마음이 풀어져 간다.

뒷자리에서 카오루가 의자를 천천히 뒤로 뺐다.

그 소리를 듣고 바로 몸을 움직였다.

"매점?"

내가 돌아보며 묻자 카오루가 순간 눈동자를 굴리고서 고개를 끄덕였다.

"맞아. 유즈는 도시락이지."

"응. 근데……."

나는 말을 흐리다가 결심을 굳히고서 다시 입을 열었다.

"오늘은 같이 먹지 않을래?"

내가 제안하자 카오루가 입을 살짝 벌리고서 숨을 스읍 들이마셨다.

뭐라 형언할 수 없는 표정.

요즘에 카오루는 점심시간이 되면 늘 어디론가 가버린다. 그리고 부활동에도 자주 참가하지 않아서 걱정이다.

어제는 부실에 얼굴을 내밀어 주긴 했지만…… 그래도 걱정이 완전히 가신 건 아니다.

어제 내가 '무슨 일 있어?' 하고 물었을 때 그녀가 애써 무표정한 척 꾸미는 것처럼 보였기 때문이다.

한동안 카오루의 얼굴을 보고 있으니 그녀가 고개를 천천히 저었다.

"아니, 오늘은 됐어."

"뭐 볼일이라도 있어?"

"그건 없지만, 혼자서 먹고 싶은 기분."

"…………그래."

혼자서 먹고 싶은 기분이라고 하니 더는 할 말이 없었다.

나는 체념하고서 도시락 꾸러미를 풀기 시작했다.

그러자 내 뒤에서 카오루가 말했다.

"유즈, 오늘은…… 부활동, 안 가."

"……어?"

놀라서 돌아보니 카오루가 무언가를 얼버무리려는 것처럼 웃고 있었다.

그리고 지갑을 들고서 교실을 나갔다.

그녀의 등을 물끄러미 쳐다본다.

늘 홀연히 부실에 찾아오는 카오루. 그녀는 딱히 아무 말 없이 기분이 내킬 때만 오곤 했다.

그런 그녀가 '매일 가겠다'라고 말을 꺼냈고, 발길을 뚝 끊었다가…… 오늘은 확실히 가지 않겠다 말했다.

처음 겪는 일들이 연달아 벌어져 머리가 혼란스럽다.

어제 내 물음 때문에 그녀는 '공연히 걱정을 끼쳤다'라고 여긴 게 아닐까. 그래서 걱정을 끼치고 싶지 않아서 미리 부활동에 가지 않겠다고 알려준 것일지도 모른다.

그래도…….

찝찝한 감정이 가슴 속에서 퍼져가는 느낌이다.

요 며칠, 카오루가 왠지 나를 피하는 것 같았다.

어제 부실에서 분위기가 괜찮았으니 내가 무슨 실수를 저질러 미움을 산 것 같지는 않다. 단순한 '느낌'적인 추측이니 틀렸을 가능성은 있긴 하지만……. 그래도 내 직감이 맞는다면 분명 미움을 받고 있는 건 아니다.

그런데도 나를 멀리하는 이유가 있다면 그건…….

"뭐야, 부부 싸움?"

생각하던 중에 이번에는 앞에서 소리가 들렸다. 나는 복도 쪽으로 틀었던 몸을 황급히 되돌렸다.

눈앞에 딸기 우유팩에 꽂힌 빨대를 물고 있는 소스케가 있었다.

어벙한 표정으로 나를 쳐다보는 소스케를 보고서 나도 묘하게 힘이 빠졌다.

"부부 아냐."

내가 대답하자 소스케가 빨대에서 입을 떼고서 쓴웃음을 흘렸다.

"그거부터 부정하기냐……. 싸웠느냐고 물어본 거잖아."

"안 싸웠어."

"흐음. 네가 오다지마를 그렇게 신경 쓰는 게 희한해서 뭔 일이라도 있었나 싶어서."

소스케가 말하자 나는 무심코 미간을 찡그렸다.

"그렇게 보였어?"

"평소에는 오다지마가 널 신경 쓰잖아."

소스케가 당연하다는 듯 말했다.

카오루는 분명 나를 유심히 봐주고 있는 것 같기는 하다. 그러나 나를 언제나 예의주시하고 있지는 않겠지.

"그럴 리가 있겠어."

"하아……."

내가 대답하자 소스케가 뭔가 할 말이 있다는 얼굴로 히죽 웃었다.

그 반응에 왠지 부아가 치밀었다. 소스케가 비어 있는 내 앞자리에 앉았다.

"최근에 오다지마 말이야. 점심시간 때마다 옥상으로 가는 것 같던데."

어떻게 그런 걸 알고 있는 거지? 순간 의문이 들었다.

그러나 소스케는 나와 달리 다른 반에 친구들이 많다. 넓은 정보망을 갖고 있겠지.

"흐~음. 옥상에서 혼자서 점심? 뭔가 고민이라도 있나."

내가 말하자 소스케가 미묘한 표정을 지었다.

"옥상……, 혼자는 아닐 텐데."

"어?"

소스케가 목소리를 낮게 깔고서 귓속말을 하듯 말했다.
“모르냐? ‘옥상의 주민’ 말이야.”
“뭐야, 그게.”
내가 고개를 갸웃거리자 소스케가 노골적으로 한숨을 내쉬었다.
“너, 진짜로 그런 소식에 어둡네. 리사 선배 말이야. 점심시간에도, 방과 후에도, 때에 따라서는 수업 중에도 옥상에 있어서 유명한 사람이라고.”
이름을 듣고 나고시라는 성이 떠올랐다.
“리사 선배라면…… 나고시 리사 선배?”
마음에 짚이는 이름을 말하자 소스케가 쓴웃음을 지으며 고개를 끄덕였다.
“맞아. 전 축구부 매니저.”
“지금은 독서부야.”
“하?! 그랬냐?!”
소스케가 크게 놀랐다.
뭘 그렇게 놀라는 거야? 나는 그 반응에 곤혹스러워하며 고개를 끄덕였다.
“뭐, 이름뿐이지만.”
“유령부원?”
“유령 중에서도 유령. 한 번도 부실에 온 적이 없어.”
“오호…….”
소스케의 눈빛이 뭔가를 떠올리듯이 흐려졌다.

입을 다물어 버린 소스케 앞에서 나도 수개월 전 기억을 돌이켜 본다.

나고시 선배는 알고 있다.

"나고시가 독서부에 입부하게 됐다."

우리 반 담임이자 독서부 고문이기도 한 오가사와라 히라카즈가 소개해줘서 딱 한 번 인사를 나눈 적이 있다.

눈에 확 띠는 금발. 그리고 귀에는 놀라울 정도로 수많은 피어스가 달려 있다. 전체적으로 선이 얇고 표정은 온화하지만, 무슨 생각을 하는지 전혀 알 수 없는 사람이었다.

"부장? 1학년이면서 부장이라니 대단하네. 뭐~, 잘 부탁해. 부실에는 아마도 오지 않을 테지만."

"아, 잘 부탁드립니다……."

그 인사가 나와 나고시 선배가 나눴던 처음이자 마지막 대화였다.

나고리 선배에 관한 좋은 소문을 거의 들은 적이 없다.

담배를 피우고 있다느니. 약을 하고 있다느니.

불량한 남자 친구가 여럿 있다느니.

본인이 부정하질 않으니 소문이 멋대로 퍼져 나갔다.

나는 그 어떤 소문도 믿지 않았다. 그러나 정면에서 부정할 만한 근거도 갖고 있지 않았다.

독서부원이긴 하지만 사실은 부외자라고 볼 수 있는 심플한 관계다.

"저기…… 나고시 선배는 옥상에서 늘 뭘 하고 있어?"

내가 묻자 소스케가 의식이 되돌아왔는지 순간 어리둥절해했다.

그러고는 고개를 갸웃거렸다.

"글쎄다……. 담배를 피운다는 소리는 들었는데 그 사람한테서 담배 냄새를 맡은 적은 없어."

"냄새."

그 단어를 되읊자 소스케가 순간 거북해했다.

"스, 스쳐지나갈 때 맡았다는 얘기야."

"……소스케, 나고시 선배랑 뭔가 있어?"

"뭔가가 뭔데?"

"뭔가가 뭔가지. 얘기를 자주 나눠?"

소스케가 부자연스럽게 눈알을 돌린 뒤 난처하다는 표정으로 고개를 저었다.

"축구부 매니저였을 적에는 당연히 자주 얘기를 했지. 좋은 선배였어. 근데 그만둔 후에는…… 아무것도 몰라."

소스케의 눈동자에서 여러 감정이 소용돌이치는 듯 보였다. 그러나 그게 무엇인지는 나도 모르겠다.

"최근에 그만둔 거 아냐? 개학하고 반년도 안 지났는데."

"2개월쯤 전이야. 5월 초순께."

"그럼 축구부에서 함께 활동했던 기간이 2개월 정도다 이 말이네."

"맞아. 그뿐이었는데……."

소스케가 거기까지 말하고서 침묵했다.

"그뿐이었는데?"

나는 뒷말을 재촉하듯 고개를 갸웃거렸다.

소스케가 쓴웃음을 짓고서 고개를 저었다.

"암것도 아냐."

별로 말하고 싶어 하질 않는 것 같아서 나는 도시락 꾸러미를 다시 천천히 싸기 시작했다.

"음, 어디 가려고?"

소스케가 묻자 대답한다.

"옥상."

"가서 뭘 어쩌려고."

"아무것도 안 해. 카오루가 있는지 확인만 하고 올게."

"아, 그래……."

소스케가 미적지근하게 대답하고서 나를 쳐다봤다.

서로 쳐다보고만 있어본들 별 소용이 없으므로 나는 코로 천천히 숨을 내뱉고서 일어섰다.

복도로 나가려고 했더니 소스케가 불러 세웠다.

"저기…… 만약에 리사 선배도 있으면…… 담배를 피우고 있지 않은지만 확인해줘."

그렇게 말하는 소스케의 얼굴에는 복잡한 표정이 번져 있었다.

여러가지가 보였지만 그 절실한 마음만은 나에게도 전해졌다.

"알겠어."

고개를 끄덕이고서 복도로 나갔다.

그리고 학교 건물 가장자리에 있는, 옥상으로 이어지는 계단으로 향했다.

3장

EP.03

YOU ARE MY REGRET...

A story of love and dialogue between a boy and a girl with regrets.

옥상이 학생들에게도 개방되어 있다는 건 알고 있다.

막 입학했을 때 학교 건물을 견학하면서 한 번 들어가 본 적이 있다. 옥상에 높다란 펜스가 쳐져 있어서 학생들이 마음껏 활동하더라도 위험하지 않다고 판단한 듯하다.

존재는 알고 있었지만 어느새 내 인식에서 누락된 탓인지 '일부러 가는 장소'라는 감각이 전혀 없었다.

그러니 혼자서 시간을 보내고 싶을 때는 안성맞춤일지도 모르겠다.

침을 삼킨 뒤 긴장하며 옥상 문손잡이를 잡고서 살짝 열어보니 밖에서 여학생 목소리가 들려왔다.

"「아침에 내린다」라는 노래 알아?"

"몰라요."

"그거 괜찮아. 멜로디는 평범하지만 가사가 왠지 퇴폐적이라서."

"그래요?"

"노래 같은 거 흥미 없니?"

"별로."

"오~, 음악 안 듣는 사람은 심심할 때 뭐해?"

"게임 같은 거."

"오~."

문을 열지 않았지만 누가 대화를 나누고 있는지는 금세 알았다.

양쪽 모두 아는 목소리였으니까.

"오다지마, 오늘은 왠지 기분이 안 좋은가 봐?"
"안 그런데요."
"오늘은 말을 걸지 말까?"
"딱히 상관없는데요."
"차갑네~."
나고시 선배가 유유히 말하니 카오루가 담담하게 받아주고 있다.
일단 두 사람이 있는 건 확인했다. 다른 목소리는 들리지 않는다.
이제는 소스케에게 부탁받은 것을 확인하기만 하면.
문을 천천히 열어 두 사람의 모습을 확인하려 했더니…….
"우아!"
"으악?!"
눈앞에 나고시 선배의 모습이 보여서 무심코 큰소리를 내고 말았다.
나고시 선배는 깜짝 놀란 내 모습을 보며 익살스럽게 '우와아~' 하고 두 팔을 들어올렸다.
"뭐야, 아사다잖아. 얘기를 남몰래 엿듣는 녀석이 있어서 와봤더니."
나고시 선배가 키득키득 웃고서 문을 대담하게 확 열었다.
"무슨 용건이라도? 아, 내가 아니라 오다지마?"
나고시 선배가 카오루 쪽을 돌아봤다.
카오루는 옥상 펜스에 기대듯 앉아서 감정을 읽을 수 없는 얼굴로 이쪽을 보고 있었다. 그러나 그 표정이 서서히 험악해졌다.

"뭐야?"

카오루가 기가 찬다는 표정으로 물었다.

나는 어떻게 대답해야 좋을지 몰라서 당황하다가 일단 대답했다.

"호, 혼자서 점심을 먹고 싶은 기분이라면서……."

거기까지 말하자 내 의도를 짐작했는지 카오루가 한숨을 내쉬었다.

"혼자나 마찬가지야. 리사 선배는 가만히 내버려 둬도 쭉 혼자서 떠들어 대니까."

"있지, 본인 앞에서 할 소리니?"

"대화를 진득하게 나눠야만 하는 사람이랑 함께 밥을 먹는 게 성가실 때도 있잖아."

"나랑은 진득하게 대화를 나눌 필요가 없다?"

나고시 선배가 딴죽을 걸었지만 카오루가 깨끗이 무시했다.

선배가 너그럽게 웃었다.

"뭐, 기왕 이렇게 됐으니 셋이서 먹을까. 독서부원끼리 사이좋게 점심! 나쁘지 않네."

"유령부원이잖습니까……."

"자질구레한 건 따지지 말고. 어라, 아사다, 점심밥 안 가져왔어?"

나고시 선배가 내가 맨손인 것을 보고서 고개를 갸웃거

렸다.

“상태를 보려고 온 거라서요.”

“오~. 오다지마, 널 무지 걱정해 주고 있는걸?”

“쓸데없는 참견.”

나고시 선배가 카오루 쪽으로 시선을 돌리자 그녀가 인상을 찌푸리며 고개를 홱 돌렸다.

선배가 나를 보고서 어깨를 들먹였다.

“전형적인 타입의 츤데레지?”

“아, 저, 이만 돌아가겠습니다.”

거절당했으니 이대로 여기에 머물기가 어렵겠구나 싶었다.

그러나 나고시 선배가 떠나려고 하는 내 팔을 붙잡았다.

“자자~, 밥을 안 챙겨왔으면 내가 주면 되잖아.”

선배가 오른손으로 들고 있던 정사각형 모양의 칼로리메이트 상자를 내밀었다.

“하나밖에 안 먹었으니까 남은 건 너 줄게.”

그 말대로 한 상자에 담겨 있는 두 팩 중 하나가 뜯어져 있다. 그리고 두 팩 중 하나에는 한 개가 남아 있다. 총 네 개 중에 하나 밖에 안 먹었다는 뜻이다.

“아니, 그럼 나고시 선배의 점심이…….”

“난 이미 배불러.”

나고시 선배가 선선히 말하고서 나에게 상자를 들이밀었다.

고작 칼로리메이트 하나로 배가 부르다니……. 너무 소식하는 거 아냐?

그렇게 생각하면서 망설이고 있는 나를 아랑곳하지 않고, 선배가 카오루 쪽으로 성큼성큼 걸어갔다.

다시금 보니 몸이 너무 가냘픈 것 같다. 치맛자락에서 뻗어 나온 다리는 운동을 하지 않았음을 감안하더라도 너무 얇다.

나고시 선배는 여름인데도 긴소매를 7부쯤 걷어 올렸다. 셔츠 밖으로 나온 팔과 손목도 몹시 가늘다.

평소에 별로 먹질 않는 건가.

나는 그렇게 생각하면서 마지못해 옥상으로 발을 내디뎠다.

코를 킁킁거리며 주변 냄새를 맡아본다. 담배 냄새는 나지 않았다. 대신에 선배가 지나간 자리에서 달콤한 향이 살짝 풍겼다.

향수? 샴푸? 어쨌든 여자다운 향이었다.

일단 소스케에게 안타까운 소식을 알릴 필요가 없을 것 같아 안도했다. 그와 나고시 선배가 어떤 관계인지는 모르겠으나 적어도 그가 선배를 걱정하고 있다는 것 정도는 나도 알겠다.

카오루에게서 조금 떨어져 앉으니 그녀가 왠지 불편해하며 몸을 움직였다.

"요즘에는 시끌벅적하네, 옥상도."

나고시 선배가 펜스에 기대며 읊조리듯 말했다.

"언제나 나 혼자였는데."

"아무도 안 오는 건가요?"

내가 묻자 선배가 씨익 웃고서 손가락으로 V자를 만들었다.

"성깔 나쁜 여자가 담배를 피우고 있다는 소문이 나돌고 있으니까."

"……안 피우는 거죠?"

"음~, 어떨 것 같아?"

선배가 짓궂게 웃으며 고개를 갸웃거렸다.

나는 당혹스러워서 쓴웃음밖에 나오질 않았다.

"담배, 비싸서 말이지…… 살 마음이 나질 않더라."

나고시 선배가 흥, 하고 콧소리를 냈다.

카오루가 작게 말한다.

"귀에 달고 있는 대량의 피어스가 더 비싸겠죠."

"피어스를 대량으로 구입하니 담배를 살 여유가 없다는 얘기야."

선배가 카오루의 빈정거림을 가볍게 흘려 넘겼다.

나는 무슨 이야기를 해야 좋을지 난처해하다가 물었다.

"피어스, 안 아픈가요?"

선배가 생긋 웃고서 손가락으로 피어스 부근을 매만지며 대답했다.

"연골과 가까운 부분은 아파. 하지만."

나고시 선배가 그 대목에서 말을 끊고는 펜스에 몸을 푹 기대고서 하늘을 올려다봤다.

그리고 툭 던지듯 말한다.

"아프다는 건…… 좋지 않아? 살아있다는 걸 알게 해주니까."

그 말에 뭐라 대답해야 좋을지 모르겠다.

그녀의 말이 농담인지 진담인지 모르겠다. 그러나 한편으로는 왠지 그녀의 속내인 것 같은 기분이 들었다.

바스락바스락. 비닐 봉투를 구기는 소리가 들렸다.

카오루 쪽을 보니 매점에서 파는 빵이 담겨 있던 비닐 봉투를 쥐고 있었다.

"다 먹었으니 돌아갈게요."

카오루가 짤막하게 말하고서 나고시 선배에게 알은체를 했다.

"오~, 잘 가."

선배도 손을 가볍게 들어올렸다.

카오루는 나를 힐끔 보고서 옥상에서 나갔다.

그 눈동자에는 차가운 빛이 서려 있는 듯했다. 따라오지 말라고 엄포를 놓는 듯한 시선.

그러나 그녀가 그런 표정을 지었기에 자꾸만 신경이 쓰인다.

왜 그런 시선으로 나를 쳐다보는지.

나는 뒤를 쫓고자 일어섰다.

"누구든 말이야."

나고시 선배가 내 등에 대고 말했다.

"타인이 발을 들이지 않길 바라는 영역이라는 게 있잖아?"

선배가 말하고서 내 눈동자를 쳐다봤다.

감정을 읽을 수 없는 눈이었다. 마음속까지 훤히 들여다본 것 같아서 등에 식은땀이 번졌다.

"사귀는 사이도 아니잖아?"

"예, 그래도……."

"그럼 내버려 두라고."

나고시 선배가 툭 던지듯 말하고서 펜스에 다시 몸을 푹 기댔다. 펜스가 끼익, 하고 삐거덕거렸다.

"옥상은 말이야. 혼자가 되고 싶거나, 누군가와 단 둘이 있고 싶어 하는 녀석만 오는 곳이야."

그 말에서 묘한 박력이 느껴졌다.

"……나고시 선배는, 혼자가 되고 싶은 건가요?"

내가 묻자 나고시 선배가 흐릿하게 웃었다.

"난, 아무것도 되고 싶지 않아. 바보라서 높은 곳을 좋아할 뿐."

그렇게 대답하는 선배에게서 타인의 접근을 바라지 않는 '고독'한 아우라가 감돌고 있는 듯했다.

그걸 느낀 순간 어째선지 오른손으로 들고 있던 칼로리메이트 상자가 존재감을 주장하는 듯했다.

나는 선배에게 다가가 칼로리메이트 상자를 홱 내밀었다.

"이거, 돌려드릴게요."

"그러니까 배가 부르대도."

"그래도 먹어요."

내가 말하자 나고시 선배가 놀랐는지 눈이 조금 커졌다.

어리둥절해하는 그녀에게 말한다.

"선배, 너무 말랐어요."

내 말을 듣고서 선배가 몇 초쯤 어이없어하다가 웃음을 풋 뿜어냈다.

"그거 성희롱이다?"

"그럼 전 이만."

"야, 아사다."

옥상을 나가려고 하니 선배가 불러 세웠다.

"이제 오지 마라."

그 말을 듣고서 나는 잠시 주저한 뒤 대답했다.

"혼자가 되고 싶어지거든 올게요."

그 말을 듣고서 선배가 어깨를 들먹이며 대답한다.

"그러니까 옥상에는 늘 내가 있대도."

때마침 오후 수업을 알리는 예령이 울렸다.

4장

EP.04

YOU ARE MY REGRET...

A story of love and dialogue between a boy and a girl with regrets.

방과 후, 카오루가 소지품을 챙기는 소리가 들리자 나는 기민하게 그쪽으로 몸을 돌렸다.

"오늘, 왜 부활동에 참가하지 않는 건데?"

내가 묻자 카오루가 순간 멈칫했지만, 이내 돌아갈 채비를 재개했다.

"볼일."

"무슨 볼일?"

내가 끈질기게 묻자 카오루가 짜증스러운지 얼굴을 찡그렸다.

"왜 그런 걸 유즈한테 말해야만 하는데."

"왜냐니…… 요즘에 부실에 통 얼굴을 비치질 않으니까."

"애당초 유령부원이었잖아, 난."

"하지만 앞으로는 매일 가겠다면서……!"

내가 절실하게 말하자 카오루가 순간 서글픈 표정을 지었다가 이내 험상궂은 얼굴로 고개를 가로저었다.

"갈 수 있을 때 갈 거야."

"내일은 올 수 있어?"

"갈 수 있으면."

카오루가 적당히 대답하고서 소지품을 다 챙겨 넣은 학교 가방을 어깨에 멨다. 그러고는 손을 휘휘 흔들고서 교실을 나갔다.

나는 의자에서 일어섰지만 더는 쫓지 못하고 우두커니 서 있기만 했다.

그녀가 부실에 오지 않는 이유를 명백히 얼버무리고 있구나 싶었다.

그런데 그 이유를 모르겠다. 그녀가 먼저 말하지 않는 한 그걸 알아낼 방법이 없다.

"또 부부 싸움이냐?"

"싸운 건 아냐."

"부부 쪽은 부정하질 않네."

뒤를 돌아 째려보니 소스케가 어이없다는 듯 나를 보고 있었다.

그는 학교 가방 외에도 유니폼이 든 스포츠백을 어깨에 메고 있다.

누가 봐도 부활동에 참가하려는 모습이다.

"부활동하러 갈 거지? 얼른 가기나 해."

"아니, 저기……."

소스케가 쭈뼛거리며 나에게 다가왔다.

그러고는 귓속말을 하듯 목소리를 낮춰 말했다.

"선배, 어땠어?"

"아아……."

그러고 보니 점심시간이 끝나기 직전에 교실로 아슬아슬하게 돌아온 바람에 소스케에게 아무 말도 해주질 못했지.

"담배는 피우지 않는 것 같았어. 다만 옥상에서 시간을 때우는 느낌이었지."

"그래……? 뭐야, 다행이다……."

소스케가 안도한 듯 가슴을 쓸어내렸다.
나는 의심 어린 눈으로 소스케를 쳐다봤다.
"역시…… 뭔가 있는 거지?"
"아, 아무 일도 없어, 딱히……."
내가 묻자 소스케가 말하기 거북한지 우물쭈물거렸다.
그러고는 등을 쭉 피고서 스포츠백을 고쳐 멨다.
"나, 부활동하러 간다!"
소스케가 달아나듯 교실을 나간다. 그 뒷모습을 바라보며 한숨을 내쉬었다.
소스케와 나고시 선배 사이에 분명 무언가가 있는 듯하지만, 더 캐물어도 될는지 모르겠다.
'타인이 발을 들이지 않길 바라는 영역이라는 게 있잖아?' 라던 선배의 말이 되살아난다.
발을 들이지 않길 바라는 영역.
카오루에게 나는 그 영역에 발을 들이려고 하는 존재인 걸까?
하지만, 그래도…….
마음속에서 초조함이 점점 커져가는 느낌이다.
카오루와 처음으로 대화를 제대로 나눴던 때가 떠올랐다.

'아무것도 묻지 마.'

온몸이 흠뻑 젖은 채로 벌벌 떨면서 그녀가 말했다.

묻지 마. 말을 그렇게 했으면서 카오루는 몸을 움츠리고서 떨고 있었다.

"묻지 않으면, 넌…… 아무것도 말하지 않을 거잖아."

나는 나직이 중얼거렸다.

발을 들이질 않길 바라는 영역이 있음을 잘 안다.

그래도 카오루는 언제나…… 먼저 말하지 않는다.

그런 상대가 걱정돼 먼저 다가가는 건 잘못된 짓인 걸까?

그렇게 생각하면서 나는 무거운 발걸음을 끌며 부실로 향했다.

부실에서 책을 읽고 있으니 밖에서 우르르, 하고 천둥이 치는 소리가 들려왔다.

문고본을 덮고서 창문을 조심스럽게 열었다.

먹구름 사이로 번개가 번쩍했다. 그러나 비는 아직 내리지 않고 있다.

"비 냄새가 나네……."

습도가 높아지고, 땅이 축축해지기 시작하면 으레 풍겨오는…… 독특한 내음이 감돌았다.

아이가 '곧 비가 내리겠네' 하고 말할 때마다 꼭 이런 내음이 풍긴다.

창문을 조금 열어둔 채로 독서를 재개한다.

왠지 마음이 싱숭생숭하다.

그렇게 몇 분쯤 눈으로 글자를 훑고 있으니 밖에서 쏴아,

하는 소리가 들렸다. 그리고 운동부원들이 동요하는 목소리가.

"……내리나 보네."

다시금 창가에 다가가 하늘을 봤다.

먹구름이 태양빛을 완전히 가리고 있다. 굵은 빗줄기가 어둑해진 운동장을 가차 없이 때리고 있었다.

창문을 천천히 닫고서 한숨을 내쉰다.

소파에 느릿하게 앉고서 부실 구석, 고정되어 열리지 않는 문 쪽을 쳐다봤다.

이런 타이밍에 큰비가 내리면…… 자꾸만 떠오르고 만다.

그래, 카오루는 꼭 이런 소나기가 내렸던 날에 뛰어 들어왔다.

× × ×

혼자서 독서하는 데 익숙해진 터라 부실 문이 열리면 히라카즈가 또 시답잖은 용건으로 왔구나, 하고 대수롭지 않게 받아들이기 일쑤였다.

그래서 그날 문이 드르륵 열렸을 때 눈길도 주지 않고 '선생님, 뭔가요?' 하고 물었던 기억이 난다.

그리고 대답이 돌아오지 않자 위화감이 들어서 문고본을 내려다보던 시선을 들었더니 물에 빠진 생쥐 꼴이 된 동급생이 서 있었다.

"…………오다지마?"

카오루는 아무 대답도 없이 문을 닫고는 그대로 옆으로 이동하여 문에 기대더니 스르륵 주저앉았다.

짧게 접힌 치마 속이 훤히 다 보인다.

나는 애써 눈길을 돌리면서 카오루에게 말을 걸었다.

"무슨 일이야? 부실에 오는 건 처음이잖아……."

내가 말을 걸었지만 카오루는 묵묵히 고개만 숙이고 있었다. 곱슬한 머리카락 끝에서 물방울이 뚝뚝 떨어진다.

황급히 가방에서 수건을 꺼낸 뒤 카오루 옆으로 다가가 건넸다.

"감기 걸리겠어."

"아무렴, 어때."

드디어 열린 입에서 그 말이 낮게 새어나오자 나는 고개를 저었다.

"안 돼."

"내버려 둬……."

늘 퉁명스러워서 반에서도 약간 붕 떠있는 카오루.

이렇게 일대일로 대화를 나누고 있는데도 인상은 거의 달라지지 않았다.

그러나 이렇게 흠뻑 젖은 카오루를 도저히 내버려 둘 수는 없었다.

"머리만이라도 닦아."

수건을 들고서 카오루의 머리카락을 만지려고 했더니.

"만지지 마!"

카오루가 격앙했다. 그녀가 팔로 내 팔을 팍 후려쳤다. 나는 놀라서 수건을 놓치고 말았다. 수건이 땅바닥에 툭 떨어지자 카오루의 눈동자가 흔들렸다.

"아…… 미안…… 그런 뜻이 아니라."

카오루가 당황하여 우물쭈물거렸다.

"……아니, 미안. 친하지도 않은 남자애가 머리를 만지려고 했으니."

나는 애써 태연한 척 말하고서 수건을 주웠다.

그리고 다시금 건넸다.

"감기 걸릴 거야."

"…………."

카오루가 아무 말 없이 내 눈을 조심스레 쳐다봤다. 몇 초 동안 그러다가 고개를 끄덕이고서 수건을 받았다.

그리고 조용히 머리카락을 훔치기 시작했다.

나는 일단 안도하여 처음에 앉아 있던 파이프 의자로 천천히 돌아가서 다시 앉았다. 침묵의 시간이 이어진다.

내버려 두라고 했으니 그렇게 해주는 편이 낫겠지.

그렇게 생각하면서 문고본을 펼쳤지만 내용이 머리에 들어오지 않았다.

심상치 않은 카오루의 모습이 자꾸만 눈에 밟힌다.

잠시 뒤 앉아 있던 카오루가 일어서려는 기척이 느껴졌다. 책을 덮고서 카오루 쪽을 보니 그녀가 나에게 머뭇머뭇

다가와 고개를 꾸벅 숙였다.
눈이 빨개져 있는 걸 보고서 나는 숨을 삼켰다.
"……미안. 수건, 고마워."
"아니, 저기…… 괜찮아."
"세탁해서, 내일 돌려줄게."
"꼭 내일 돌려줄 필요는 없어.'
"내일 돌려줄게."
카오루가 다시금 말하고서 문까지 터덜터덜 걸어갔다.
학교 가방을 들어 다시 어깨에 메는 모습이 너무나도 안쓰러워 보여서…….
"있잖아!"
나는 용기를 쥐어짜내 다시금 말을 걸었다.
카오루의 어깨가 흠칫 떨렸다.
"무슨 일 있어……? 이런 시간에, 부실에 다 오고."
내가 묻자 카오루가 뭐라 형언할 수 없는 표정으로 대답한다.
"일단 부원인데, 부원이 부실에 오면 안 돼?"
뼈가 있는 말이었다.
그래도 그 말이 그녀의 진심이 아님을 왠지 알 수 있었다.
"언제든 와도 좋아. 하지만 지금껏 온 적이 없었잖아. 그래서 무슨 일이 있나 싶어서."
"딱히. 비가 내리니까 비를 피하고 싶어서 1층 가장 끝에 있는 이 부실을 택했을 뿐이야. 솔직히 책을 읽는 사람이 있을 줄은 몰랐어."

거짓말이구나.

"학교 근처에 있다가 갑자기 소나기를 만났다면 그렇게까지 젖을 수가 없어."

내가 카오루의 교복을 가리키며 지적하자 그녀가 말문이 막힌 듯 이를 꽉 악물었다.

그리고 말한다.

"너랑은 관계없잖아."

더 이상 묻지 말라고 말하는 듯했다.

그녀의 말속에는 나를 거부하는 의미가 명확히 담겨 있었다.

그래도 물러설 수가 없었다. 저토록 안쓰러운 모습을 봤으니…….

"관계가 없진 않아."

나는 일어서서 카오루에게 천천히 다가갔다.

카오루가 겁을 먹었는지 살짝 뒷걸음질 쳤다.

"아까 네 입으로 말했잖아."

카오루의 눈앞에 서서 말했다.

"우린, 같은 부활동 동료잖아?"

카오루의 눈이 서서히 커졌다.

이내 눈동자가 그렁그렁거리더니 눈물이 주르륵 흘렀다.

"하…… 무슨…… 바보 아냐? ……유령부원인데……."

"그래도 부실에 와준 건 네가 처음이니까."

"몰라, 그딴 거…… 최악…… 뭐냐고……."

후반부의 말은 쉴 새 없이 흐르는 눈물을 가리키는 듯했다.

카오루는 다시 제자리에 주저앉았다. 얼굴을 감추듯 두 손으로 덮었다.

"우……훌쩍…………우우우……."

감정을 죽이듯 어금니를 꽉 악물고서 오열을 흘리는 카오루.

나는 그녀 곁에 머뭇머뭇 주저앉아 등을 부드럽게 어루만졌다. 이번에는 '만지지 말라' 같은 소리를 하지 않았다.

"저기…… 나, 네 사정을, 전혀 모르니까……."

최대한 부드럽게 말한다.

"그러니까 무슨 말을 듣든 널 절대로 오해하지…… 않을 테니까……."

등을 어루만지면서 말했다.

"들려줘. 비가 그칠 때까지."

부실에 들어왔을 때 카오루의 얼굴에는 분노도, 비장함도 아닌 격정이 번져 있었다. 심상치 않은 분위기였다.

속내를 털어놓아 마음이 조금이나마 편해질 수 있다면 감정을 받아주고 싶었다.

"너랑은 관계가 없다고 했잖아……."

"관계가 없더라도, 듣고 싶어."

내가 대답하자 카오루가 고개를 서서히 들었다. 옅은 화장이 눈물에 번졌다.

"왜……?"

그렇게 물으니 대답하기가 난처했다. 부실 안을 두리번거리며 이유를 찾았다.

"저기, 난, 독서부원이라서……."

"……이라서?"

"그러니까…… 저기…… 이야기를, 좋아해."

엉뚱한 이유를 대자 카오루가 몇 초쯤 어리둥절해하다가 키득 웃었다.

"……그게 뭐야, 바보 같아."

카오루가 웃었다.

처음으로 그 모습을 보고서 나는 어째선지 몹시 안도했다.

지금껏 아무도 사용하지 않았던 3인용 소파에 카오루가 앉아 있다.

이 방에 왜 있는지 알 수 없는, 묘하게 고급스러운 소파. 나도 몇 번인가 앉아본 적이 있지만, 너무 푹 꺼져서 오히려 불편했다.

결국 파이프 의자가 독서하는 데 적합한 것 같아서 늘 애용하고 있다.

"……집에, 있을 곳이 없어."

"어?"

카오루가 갑자기 입을 열었다.

그녀가 곁눈으로 나를 보고서 흥, 하고 콧소리를 냈다.

"들어주는 거 아니었어?"

"앗…… 아아! 물론, 들을게."

한바탕 울고서 줄곧 입을 다물고 있었던 카오루.

결국 입을 열 마음이 없는가 보다, 하고 여기던 차에 갑자기 말을 꺼내서 놀랐다.

파이프 의자와 함께 몸을 카오루 쪽으로 돌렸다.

"우린 편모 가정이야……, 엄마랑 함께 살고 있는데. 엄마는 뭐라고 해야 할까…… 남자가 없으면 안 되는 사람이야."

"나, 남자……."

"응. 애인(愛人)*."

"아, 애인……."

내가 말을 되뇌기만 하자 카오루가 키득 웃었다.

개념은 알고 있지만 익숙하지 않은 단어가 튀어나와서 당황했다.

"그래서 남자들을 갈아치우기 일쑤라서…… 맨날 낯선 남자가 집에 있어."

"……그렇구나."

상상할 수 없는 광경이다.

집에 돌아가면 타인이 있다.

더욱이 엄마의 애인이라면…….

"오늘, 집에 돌아갔더니."

카오루가 거기까지 말하고서 고개를 떨궜다.

---

*일본에서 애인(愛人)은 바람 상대로서의 의미로 쓰인다. 한국에서 말하는 애인을 말할 때는 연인(恋人)을 쓴다.

그리고 작은 목소리로 말했다.

"현관에서, 하고 있었어."

"하, 하고 있었다니."

"내 입으로 말하게 하지 마."

카오루의 대답을 나도 이해했다.

"어, 엄마가…… 엄마가…… 최악이야……."

카오루가 왈칵 쏟아질 것 같은 눈물을 또 참아냈다.

"방에서 그 소리가 들리는 것도 역겨운데, 아무런 대비도 하지 않은 상태에서 그런 꼴을 봤더니 얼이 나가버려서……."

"그래서…… 학교로 돌아온 거야?"

"……그래. 아무리 걸어도 마음이 가라앉질 않았어. 비도 내리고 있고. 아무하고도 맞닥뜨리지 않고 혼자서 가만히 시간을 때울 수 있을 곳이 필요해서 그래서…… 여기 왔는데."

"…………미안."

내가 고개를 숙이자 카오루가 놀란 듯 고개를 들더니 눈동자를 굴리며 내 말을 곱씹는 듯했다.

그리고 무언가 깨달았는지 헉, 하고 숨을 삼켰다.

"아, 아냐……, 아냐. 내가 멋대로 온 거야."

"그래도 혼자 있고 싶었을 테니까."

"그렇긴 하지만, 네가 사과할 일이 아냐."

카오루가 말하고서 또 고개를 떨궜다.

"엄마는…… 아빠가 없어진 뒤로 진짜 엉망이 됐어. 집안일도 제대로 하질 않아서…… 내가 없으면 살아갈 수가 없어. 그래서 매일 집에 돌아가야만 하는데…… 근데…….”

카오루가 울먹이며 말했다.

나는 집에 있을 곳이 없다고 느낀 적이 없다. 상상은 되지만 실감이 따르질 않는다.

뭐라고 대답해야 좋을지 망설이고 있으니 카오루가 눈물을 또 흘렸다.

“……돌아가고 싶지 않아.”

그녀의 입에서 새어 나온 그 말이 진심이라는 걸 알 수 있었다.

심장 부근이 확 뜨거워지는 듯한 감각이 느껴졌다.

나는 분명 오다지마 카오루의 가정 사정을 근본적으로 해결해 줄 수가 없다. 해 줄 마음도 없다.

그래도 카오루는 독서부원이고, 이곳은 독서부실이다.

“그럼 안 돌아가면 되잖아.”

“…………어?”

카오루가 고개를 들더니 어리둥절해했다.

“오늘은 여기서 묵어.”

내가 제안하자 카오루가 당황했는지 눈이 커졌다. 눈동자가 이리저리 움직였다.

“무, 무슨 소리야?”

“괜찮아. 문단속을 한 척 평소처럼 열쇠를 반납하고 불을

끄고서 가만히 있으면 들통 나지 않아."

"야, 그러니까 무슨 소리냐고?"

카오루가 당혹스러운 눈으로 나를 쳐다봤다.

너무나도 뜬금없는 제안이라서 무언가 구실이 필요했다.

나는 숨을 작게 내뱉고서 책상 위에 올려뒀던 책 두 권을 들고서 카오루에게 보였다.

"이 책, 상하권으로 나뉘어져 있는데 굉장히 재밌어……. 나도 마침 오늘 이걸 다 읽고 싶어졌거든."

"하아……?"

"부실이 가장 조용해. 책을 읽기에 말이야. 그래서 나 오늘 여기서 묵을 거야."

"제정신이야?"

"제정신이야. 실은 예전에도 해본 적 있어."

거짓말이다.

그러나 카오루를 이대로 집으로 돌려보내서는 안 된다는 이상한 사명감이 내 가슴속에서 솟구쳤다. 부글부글 끓어가는 이 감정을 억누를 수가 없었다.

"그러니 너도…… 여기서 시간을 마음껏 보내. 졸리거든 그 소파에서 자고."

내가 말을 마치자 카오루가 조용히 내 두 눈에 시선을 맞췄지만, 그 눈동자는 분명히 떨리고 있었다.

겁을 집어먹은 작은 동물처럼 너무나도 연약한 표정.

"……왜?"

"어?"

카오루의 입에서 의문이 새어나왔다.

"왜 그렇게까지 해주는 거야?"

"아니, 그러니까, 내가 책을 읽고 싶을 뿐……."

"됐어, 그만 핑계는!"

카오루가 큰 소리를 내자 나는 몸을 흠칫 떨었다.

겁을 먹은 듯한 표정은 온데간데없이 그녀의 얼굴에는 분노가 이글이글 번져 있었다.

"관계없잖아, 너랑은! 그렇게까지 해줄 의무 따윈 없어!"

그 말을 듣고 나는 몇 초쯤 가만히 생각했다.

그녀가 그렇게 말하는 게 당연하다.

나와 카오루 사이에는 정말로 '같은 부활동에 소속되어 있다'라는 요소뿐이다. 너무나도 희박하고 얇은 실과 같은 관계다.

그러나 아까 전에 그녀가 했던 말을 듣고서 나는 필사적으로 생각했다.

"상상해 봤어."

내 엄마가 아빠가 아닌 사람과.

아니, 설령 아빠일지라도.

그런 행위를 벌이고 있는 장면을 목격했다면 냉정해질 수 있을 턱이 없다.

그런 날, 밝은 마음으로 집으로 돌아갈 수 있겠느냐고 묻는다면 NO라는 대답밖에 나오지 않겠지.

그 고통을 상상했더니 내버려 둘 수가 없었다.

"그런 집에는, 돌아가고 싶지 않아……. 나 역시."

내가 말하자 카오루의 눈이 서서히 커져갔다.

"게다가 말이야."

나는 다시금 말했다.

"같은 부활동 동료잖아."

내 말을 듣고 카오루가 동요했는지 눈동자가 흔들렸다.

그러고는 곤혹스러운 듯 웃었다.

"부원이긴 하지만…… 유령부원이잖아……."

"그래도 말이야."

"부원이 몇 명이야?"

"열 명쯤 되려나."

"유령이 아닌 부원은?"

"나 혼자."

"바보 아냐. 다음에 내가 아닌 유령부원이 또 쳐들어오더라도 그렇게 참견을 할 셈?"

그녀가 묻자 나는 그 상황을 상상하듯 생각에 잠겼다.

그리고 겸연쩍게 웃으면서 말했다.

"……곤란하다면, 돕고 싶어."

그 말을 듣고 카오루가 숨을 서서히 뱉어냈다.

그리고 툭 말했다.

"…………진짜 바보네."

그러고는 학교 가방을 어깨에 메고서 일어섰다.

"……돌아가려고?"

부실 문으로 걸어가는 카오루에게 묻자 그녀가 이쪽을 돌아보며 입술을 삐죽 내밀었다.

"바보. ……저녁밥 사러 가는 거야."

그렇게 나는 그날, 처음으로 교칙을 위반했다.

× × ×

빗줄기가 점점 거세져 가기만 한다.

천둥이 요란하게 치자 내 의식이 부실 안으로 되돌아왔다.

그날 일을 떠올리고 있었다.

카오루의 자그마한 등, 그리고 젖은 눈동자.

내가 카오루가 우는 모습을 본 것은 그날과, 아이와 결별하려는 나에게 필사적으로 화를 내줬던 날뿐이다.

내가 아이 때문에 번민하고 있었을 때 그녀는 분명 감정이 격앙돼서 눈물을 흘렸겠지.

그러나 큰비가 내렸던 그날은 다르다.

그녀는 개인사에서 비롯된, 감당할 수 없는 분노와 슬픔을 방출했다.

만약에 그녀가 또 집안일 때문에 고민하고 있다면 나에게는 더는 말하지 않겠지.

발을 들이지 않길 바라는 영역이 있다.

알고 있다.

그래도 나는 소중한 부원이 슬퍼하는 모습을 잠자코 지켜보고만 있을 수 없었다.
갑자기 문이 열리는 소리가 들렸다.
어깨를 흠칫 떨고서 돌아보니 아이가 서 있었다.
"유즈루. 돌아가자."
아이가 평소처럼 상냥하게 웃으며 말했다.
무심코 벽에 걸려 있는 시계를 봤다.
"아직, 부활동 시간인데."
"비가 앞으로 더 거세질 거래. 번개도. 그러니까 오늘은 이만 돌아가자."
"하지만……."
내가 우물거리자 아이가 고개를 서서히 저었다.
"카오루 짱, 오늘은 안 올 거야."
"어?"
"수업을 마치자마자 신발장에서 신발을 갈아 신는 모습을 봤어. 좀 서두르는 것 같았어."
아이가 말하고서 고개를 기울이며 타일렀다.
"알겠지? 그만 돌아가자."
이렇게 큰 비가 내리기 훨씬 전에 학교를 나갔다니.
그렇다면 돌아올 리가 없다.
"……알겠어. 열쇠, 반납하고 올게."
"응. 신발장에서 기다릴게."
아이가 부실 문 옆에 가만히 서서 내가 문을 잠그길 기다렸다.

나는 문고본을 가방에 넣고서 부실을 나왔다.

또 번개가 쳤다. 근처에 떨어졌나 싶을 정도로 소리가 컸다.

"굉장하네. 화라도 내고 있나?"

아이가 복도 창문을 쳐다보면서 읊조리듯 말했다.

EP.05

5장

YOU ARE

A story of love and
dialogue between
a boy and a girl with
regrets.

MY REGRET...

빗줄기가 너무 거세서 우산을 쓰고 있는데도 무릎 아래가 흠뻑 젖어버렸다.

로퍼 안으로 침입한 빗물이 양말을 축축하게 적셔서 기분이 나쁘다.

한걸음 나아갈 때마다 발이 질퍽거려서 질색하는 나와는 달리 아이는 기분이 좋아보였다.

"우와~, 대단한 비야. 짐만 없었다면 온몸으로 맞으러 갔을 텐데."

비닐우산 너머 하늘을 올려다보면서 아이가 무시근하게 말했다.

"그만둬. 감기 걸려."

"돌아가자마자 욕조에 들어갈 거니까 괜찮아."

"그렇다고 해서 몸을 일부러 적시면 어떡해."

내가 쓴웃음을 지었지만, 전혀 아랑곳하지 않고 아이가 싱글벙글 웃고 있다.

"이런 비는 좀처럼 만날 수가 없어! 신의 분노! 같은 느낌이라서 두근거리잖아. 온몸으로 받아 내면 엄청난 힘을 깨우칠 수 있을지도 모르는데?"

"또 터무니없는 소릴……."

뒷말은 농담일 테지만, 아이가 진심으로 이 비를 맞고 싶어 한다는 건 나도 알겠다.

중학생 시절부터 그녀는 비에 젖는 데 전혀 거부감이 없다.

그러나 학교 소지품을 든 채로 우산을 내팽개치면 교과서

나 공책이 엉망이 될 게 뻔하다.

아이도 뒷일을 생각하지 않을 수가 없는지 입으로는 그렇게 말하면서도 우산을 똑바로 쓰고 있다.

"허벅지, 차가워서 기분 좋아."

아이가 그렇게 말하자 내 시선이 자연스레 그녀의 다리 쪽으로 향했다.

땅바닥을 쏴아 때리는 빗줄기가 그녀의 허벅지와 장딴지에 가차 없이 물방울을 튀기고 있다. 나는 왠지 봐서는 안 될 것을 본 것 같은 기분이 들어 시선을 돌렸다.

"치마는 이런 때 참 편리해. 바지는 흠뻑 젖어버리면 말리는 데 한참 걸리지만, 살갗은 물기만 닦아내면 금세 원래대로 돌아가잖아."

"치마도 젖고 있어."

"어? 아, 진짜네. 혹시 팬티도 젖었나……?"

아이가 천연덕스럽게 그런 소리를 하자 나는 무심코 숨을 뿜어내고서 그녀를 째려봤다.

"저기, 남자 앞에서 농담이라도 그런 소리는 하지 마."

"어머, 그런 의미가 아닌데?"

"알고 있어!! 팬티 같은 소리를 하지 말라는 뜻이야!"

"왜? 두근거리니까?"

아이가 동그란 눈동자로 나를 들여다봤다.

얼굴의 온도가 급격하게 올라가는 느낌이었다. 아이에게서 고개를 돌린 뒤 한숨을 내쉬었다.

"……맞아."

내가 자백하자 아이가 꽃이 활짝 핀 것처럼 웃었다.

"그럼 좋은 일이잖아! 유즈루가 두근거리는 거 기쁜데?"

"난 난처하대도……."

이렇게 호감을 숨기지 않고 부딪치는 점도 나를 곤혹스럽게 한다.

이런 모습이 나를 가장 두근거리게 만드니까.

그런 생각을 하고 있으니 하늘이 갑자기 번쩍! 빛났다.

뒤늦게 콰앙! 하고 무언가가 폭발한 것 같은 굉음이 울렸다.

배를 얻어맞은 것 같은 진동이 온몸에 전해졌다.

바로 근처에 번개가 떨어졌다.

우리는 동시에 어깨를 흠칫 떨었다.

서로 얼굴을 마주보고는.

"역시 화났나 봐!!"

아이가 까르륵 웃자 나는 그런 그녀를 보고서 쓴웃음을 지었다.

무섭다는 말이 아니라 그 말이 먼저 나오다니. 그녀는 정말로 대단하다.

굉음에 놀라서 심장이 두근거리는 건지, 아이의 모습에 두근거리는 건지 모르겠다.

"신님이 무슨 이유인지 모르겠지만 화가 났나봐. 신들끼리 다투기라도 하는 건가?"

"신들의 싸움에 하계 사람들을 휘말리게 하지 말아 줬으면 좋겠어."
"아, 어쩌면 사람들을 더 많이 놀래는 쪽이 이기는 게임을 하고 있는지도."
"터무니없는 놀이네."
상점가도 어느덧 중반부. 조금만 더 가면 우리 집으로 이어지는 길과 아이네 집으로 이어지는 길로 나뉜다.
"있잖아, 유즈루. 이거 들고 있어."
"응? 어?"
아이가 내 대답도 기다리지 않고 학교 가방을 나에게 내밀었다.
내가 갑작스러워서 당혹해하는 틈에 아이가 우산을 접었다.
"아! 잠깐…… 아이?!"
"우와~! 역시 기분 좋아!"
아이가 두 팔을 활짝 벌리고서 비를 맞고 있다. 그녀의 머리카락이 순식간에 빗물을 빨아들여 무거워져간다.
"감기 걸린대도!"
내가 목소리를 높였지만, 아이는 여전히 즐거워하는 듯했다.
"괜찮아~! 그보다도 신님이 뿌리는 비를 맞지 않으면 아까워!"
"절대로 그럴 리 없잖아!"

"신들이 정말로 사람들을 놀래는 게임을 벌이고 있다면 부아가 치밀지 않니? 이런 와중에 기뻐하는 사람이 있다면 신님도 깜짝 놀라지 않을까!"

한없이 천진난만하게.

아이가 큰비를 맞으며 까불고 있다.

순식간에 머리카락뿐만 아니라 온몸까지 흠뻑 젖고 말았다. 하얀 내의가 비치더니 속옷 라인까지도 훤히 드러났다.

"하아…… 진짜…… 진짜로……."

큰비가 오는 날은 우울해진다.

습기 때문에 목이 막히고, 호흡하기도 어려워지고, 머리도 왠지 무거워진다.

그래도 이렇게 큰비를 맞으며 까불고 있는 아이를 보고 있노라면 그 우울함이 싹 가시는 듯하다.

정말로 신도 이런 인간도 다 있구나, 하고 깜짝 놀랐을 것 같다.

× × ×

"그래서…… 데려왔는데……."

엄마가 실눈을 뜨고서 나와 흠뻑 젖은 아이를 번갈아 쳐다봤다.

나는 미안하다는 마음을 전하고자 고개를 꾸벅꾸벅 숙였다.

엄마는 한숨을 한 번 내쉬고서 기분을 환기하듯 고개를 끄덕였다.

"자자, 지금 욕조 물을 데우고 있어. 수건은 이걸 쓰도록 하렴. 아이 짱, 남자 앞에서 그렇게 물에 젖으면 못써요."

"어머니, 신세 좀 질게요! 근데 물에 젖으니까 유즈루가 두근거린다고 하던데요?"

"흐응?"

엄마가 눈을 더 가늘게 뜨고서 나를 쳐다봤다.

"결단코 그릇된 시선으로 본 적 없어! 결단코!"

내가 손사래를 치며 고개를 마구 젓자 엄마가 콧소리를 내고서 아이를 탈의실로 데려갔다.

그리고 아이를 안으로 밀어 넣고서 금세 되돌아왔다.

"너도 말이야, 좀 말려라."

엄마가 허리에 손을 대고서 한숨을 내쉬었다.

"말렸어. 뜯어말렸다고……."

나와 엄마는 동시에 한숨을 내쉬었다.

"하~, 정말로 굉장한 애구나. 뭐, 유즈루한테는 저 정도가 딱 좋을지도."

"무슨 뜻이야?"

내가 물었지만, 엄마는 무시하고서 목욕수건을 나에게 툭 건네고서 복도를 성큼성큼 걸어갔다.

"젖은 복도는 스스로 닦도록 하렴!"

"……예."

엄마는 그 말만 하고서 거실로 들어가 버렸다.

나는 다시 한숨을 깊이 내쉬고서 젖은 다리와 바지를 닦기 시작했다.

결국 온몸이 흠뻑 젖어버린 아이를 그대로 돌려보낼 수가 없어서 집으로 데리고 왔다.

아이네 집은 그 갈림길에서 도보로 20분이나 더 걸어가야 한다.

온몸이 젖은 채로, 여름이지만 비가 내려서 기온이 떨어진 길을 오랫동안 걸으면 정말로 감기에 걸릴지도 모른다.

"신이 뿌리는 비라."

나는 중얼거리고서 2층 방으로 올라갔다.

젖은 교복을 옷걸이에 걸고서 실내복으로 갈아입었다. 그리고 창밖을 봤다.

빗줄기는 여전하거나, 더 거세진 것 같다.

창문을 닫았는데도 비가 지붕이나 땅바닥을 투둑투둑 때리는 소리가 방 안에까지 들려왔다.

……자꾸만 생각이 난다.

카오루는 지금, 어디서 뭘 하고 있을까.

만약에 지난번처럼 집에 있을 곳이 없다고 느끼고 있다면 이런 빗속에서 대체 어디.

그런 생각을 하면서 침대 위에 앉아 비가 내리는 모습을 하염없이 바라보고 있으니.

"유즈루. 욕실 비었어."

정신을 차려보니 시간이 오래 지났나 보다. 아이가 머리카락이 젖은 채로 방에 들어왔다.

살결이 불그스름해서 요염하다.

"아, 아아! 응. 그럼 몸 좀 담그고 올까."

"유즈루도 몸을 푹 데우고 와. 내가 먼저 들어가서 미안."

"아무리 생각해도 아이가 먼저 들어가는 게 맞잖아……."

온몸이 흠뻑 젖어버린 아이를 뒤로 미룬다면 집까지 데리고 온 의미조차 없어진다.

나는 쓴웃음을 지으며 침대에서 내려왔다.

그리고 방을 나가려고 했을 때 문득 마음에 걸리는 것이 생겼다.

"……욕조, 들어간 거 맞지?"

"응? 응."

아이가 눈을 깜빡였다.

"물은?"

"어, 그대로인데……? 유즈루도 바로 들어갈 거잖아?"

"그래, 응, 뭐, 그렇긴 하지만……."

내가 복잡한 표정을 짓자 아이가 '아' 하고 소리를 높였다.

"괜찮아! 욕조 안에 때 같은 건 떠있지 않으니까……."

"아니, 아니, 그런 걱정은 한 적 없지만."

"……그럼."

아이의 얼굴에서 짓궂은 기색이 번졌다.

"혹시 야한 생각이라도 한 거야?"

"……샤워하고 올게."

내가 얼굴을 붉히면서 방에서 나가자 뒤에서 키득키득 웃는 소리가 들렸다.

그럼 부분까지 이해할 수 있게 된 아이는, 역시 나한텐 강적이었다.

샤워를 마치고서(결국 몸을 따뜻하게 데우지 않으면 들어간 의미가 없기에 머릿속이 새하얘진 상태로 1분쯤 욕조에 몸을 담갔다) 방으로 돌아가니 아이가 침대에 누워 있었다.

창문 쪽으로 고개를 돌리고 있는데 배가 규칙적으로 위아래로 들썩이고 있다.

혹시 자고 있나……? 싶어서 조심스럽게 접근했다.

곁으로 다가가자 아이가 몸을 벌러덩 돌리더니 자기 팔을 내 목에 둘렀다. 심장이 두근거렸다.

"잡았다."

"……깜짝이야."

"깜짝 놀래 줄 생각이었어."

아이가 가까이서 웃자 숨결이 얼굴에 닿아서 간지러웠다.

아이가 팔을 풀고서 창가 쪽으로 몸을 붙였다.

그러고는 비어 있는 침대 절반을 퐁퐁 두드렸다.

"유즈루도 눕지 그래?"

"……아까처럼 갑자기 다가오는 건 금지."

"왜? 두근거리니까?"

"그래."

"에헤헤. 알겠어."

아이가 다시금 침대를 퐁퐁 두드렸다.

나는 시키는 대로 아이 옆에 누웠다.

창밖에는 여전히 장대비가 쏟아지고 있다.

"계속 내리네."

아이가 평온하게 말했다.

보이는 그대로를 가감 없이 받아들이는 말투. 나도 고개를 살짝 끄덕였다.

"승부가 아직 안 났나 봐?"

내가 말하자 아이가 키득 웃었다.

"혹시 비를 맞고도 신나게 까불어 대는 사람이 있어서 심통이라도 났나?"

"그래. 실컷 까불어 대고는 남의 집에 가서 제일 먼저 욕조에 몸을 담갔잖아. 심술을 낼 만도 하지."

"아하하. 나쁜 짓을 했나봐."

아이가 전혀 주눅 든 기색 없이 웃었다.

그녀의 머리카락이 흔들리자 샴푸 냄새가 풍겨와 두근거렸다. 나에게서도 똑같은 샴푸 냄새가 날 텐데 어째서 좋아하는 여자애에게서는 이토록 다르게 느껴지는 걸까.

한동안 둘이서 창밖을 바라봤다.

"있지, 유즈루."

아이가 불현듯 내 쪽으로 얼굴을 돌렸다. 숨결이 닿을 만한 거리.

그러니까 그러지 말래도……, 하고 말하고 싶었지만, 아이의 표정이 몹시 진지해서 시시한 말은 목구멍에 걸렸다.

아이가 내 눈동자를 들여다보며 말했다.

"카오루 짱이 걱정돼?"

갑자기 카오루의 이름이 나오자 나는 말문이 막혔다.

아이가 내 표정을 보고 눈을 내리깔았다.

"……걱정, 하는구나."

아이가 애써 내색하지 않으며 말했다.

"아까, 카오루 짱을 신발장에서 봤다고 했잖아."

"응."

"실은 잠깐 대화를 나눴어."

"어?"

아이가 내 얼굴을 조심스럽게 보며 말했다.

"유즈루가 걱정하고 있다고 했어. 그랬더니……."

아이의 눈동자가 흔들렸다.

"유즈가 걱정할 만한 일은 전혀 없대. 그리고 그보다도 아이를 봐달라고 전해달래."

아이가 말하고서 숨을 서서히 내뱉었다.

"카오루 짱은 상냥해. 나랑 유즈루를 위해서 자신의 고민을 애써 숨기고 있어."

아이가 다시 창밖을 쳐다봤다. 분명 그 시선 끝에는 카오루가 있겠지.

그러고 보니 그랬다.

카오루는 나와 아이가 여러 문제들을 해결한 지 몇 주가 지난 뒤부터 나와 노골적으로 거리를 두기 시작했다.

"분명 카오루 짱은 자기 마음속에 아무도 들어오지 못하도록 거부함으로써 스스로를 지키고 있어. 하지만 아무도 들어오지 못하는 사실 자체에 괴로워하고 있어."

아이의 손이 내 팔을 꼬옥 쥐었다.

"그러니까…… 유즈루가, 도와줘."

"……내가?"

"그래, 유즈루가. 분명 내 힘으로는 안 될 테니까. 나, 바보라서 말을 그럴싸하게 할 줄도 모르니 카오루 짱을 곤혹스럽게 할 뿐이야."

그 말을 듣고 나는 당혹스러웠다.

나 역시 카오루를 곤혹스럽게 한다. 그걸 잘 알고 있다.

"나도…… 마찬가지야."

"아니, 달라."

아이가 고개를 천천히 가로젓고서 곁눈으로 나를 봤다.

아이가 눈웃음을 지으며 똑바로 쳐다보고 있어서, 난 그녀의 눈동자에서 눈을 뗄 수가 없었다.

"유즈루는, 상대방한테 스며들 수 있는 말을 가지고 있으니까."

"상대방한테…… 스며들 수 있는 말……?"

"응. 나도, 그 말에 구원을 받았으니까."

나는 아이를 구한 기억이 없다. 오히려 아이가 언제나 소중한 것들을 깨우쳐 주고 있다.

그래도 아이가 그렇게 말하는 걸 보면, 그렇게 느껴지기도 하는 듯했다. 그녀는 생각하지 않은 것을 말하는 사람이 아니니까.

"나는 무슨 사정인지 전혀 모르지만…… 그래도 혼자서 떠안을 수 있는 문제가 아니라는 것만은 알아. 그토록 필사적으로 버티는 카오루 짱의 얼굴은 처음 봤어."

아이가 뇌리에 새겨진 광경을 떠올리는 것처럼 눈을 가늘게 떴다.

그러고는 갑자기 내 쪽으로 몸을 돌렸다.

"유즈루, 여길 봐."

"어, 왜?"

"묻지 말고."

그녀의 의도를 읽을 수가 없었지만 나는 아이 쪽으로 머뭇머뭇 몸을 돌렸다.

아이가 내 얼굴 쪽으로 두 손을 뻗었다. 그러고는 뺨을 감싸듯 얼굴에 살며시 댔다.

"유즈루라면 할 수 있어. 유즈루 말고는 아무도 못해."

"……그럴까."

"응, 분명히. 분명 그래."

나를 쳐다보는 아이의 얼굴은 진지했다.

"나와 너의 소중한 친구를, 힘껏 도와줘."

나는 숨을 삼켰다.

소중한 친구.

나에게 분명 카오루는 그런 말로밖에 표현할 수 없는 상대다. 그녀의 고민을 해결해주고서 종전처럼 소통하며 살아가고 싶다. 그렇게 생각한다.

그러나 그것은 나만이 품고 있는 감정인 줄 알았다.

문득 보니 아이 역시 카오루를 이미 소중한 친구로 여기고 있었다.

부실 안에서 즐겁게 대화를 나누는 두 사람을 떠올렸다.

내가 일상이라고 여겼던 그 장면은 분명 아이에게도, 그리고 카오루에게도 소중한 일상이었다.

그리고 아이는 나에게 맡기려고 하고 있다.

입 안이 바짝 말라가는 느낌이다.

"내가."

나는 천천히 입을 열었다.

"내가 할 수 있는 일을…… 해볼——."

해볼게.

그렇게 말하려고 한 순간, 방문이 벌컥 열렸다.

"너희들, 차를 곧 집 앞에 댈 테니 채비를……."

황급히 돌아보니 엄마가 우리를 보고서 굳어 있었다.

"어머……………… 두 시간쯤 뒤에 올까?"

"아니, 당장 나갈게. 아이도 일어나. 준비하자."

나는 침대에서 벌떡 일어나 쿵쾅쿵쾅 복도로 나갔다.

그리고 아이가 옷을 갈아입을 수 있도록 문을 닫았다.
엄마가 기가 막힌다는 얼굴로 나를 쳐다봤다. 그리고 방 안에 들리지 않도록 소곤소곤 말했다.
"혹시 너, 숙맥?"
"결단코, 이상한 짓은 안 했어."
"근데 키스하려고 했던 거 아니니?"
"진지한 대화를 하고 있었다고!"
"그렇게 가까이 마주보고서??"
"그래! 그보다도 배려할 생각이 있다면 노크 정도는 해!!"
"미안, 평소 습관대로……."
제발 신경 좀 써줘요.

막간

INTERMISSION

YOU ARE MY REGRET...

A story of love and dialogue between a boy and a girl with regrets.

"이번에는 진심이야. 저 사람이라면 함께 살아갈 수 있을 것 같아."

나는 미간을 찡그리면서도 엄마의 그 말을 듣고 있었다.

"일도 착실히 하고 커리어도 있는 사람이야. 장래도 제대로 생각해 주고 있고……."

아무 대꾸도 하지 않는 나에게 변명을 하듯 이번에 생긴 남자의 장점을 쭉 늘어놓고 있는 엄마가 불쌍했다. 친엄마를 그런 식으로 생각해서는 안 되는데도 그저 서글프기만 했다.

"카오루와의 관계도 소중히 키워나가겠다고 했어. 그러니까."

"있잖아."

나는 엄마의 말을 끊고서 물었다.

"그 사람, 엄마를…… 제대로 사랑해 주고 있어?"

내가 묻자 엄마의 눈이 커졌다.

화를 낼 거라는 걸 알고 있다. 그래도 물어보지 않을 수가 없었다.

"당연하지! 왜 그런 소릴 하는 거니!!"

"왜냐니 모르겠어?! 이번에야말로 진짜 인연이라면서 맨날 새 남자를 데려와서는 몇 주쯤 뒹굴다가 버림받기 일쑤잖아! 대체 똑같은 짓을 몇 번이나 되풀이할 셈인데!!"

"뒹굴다니……. 그런 더러운 말 좀 쓰지 말아줘!"

"뭐라고 하든 하는 짓은 똑같잖아. 진짜 최악……."

더는 말을 섞어봤자 소용없겠구나 싶었다. 나는 방으로 올라가기 위해서 계단에 발을 디뎠다.

"잠깐, 얘기 아직 안 끝났어! 기다려!"

엄마의 목소리가 등에 꽂혔다.

나는 뒤를 돌아봤다. 이쪽을 올려다보고 있는 엄마를 차가운 눈동자로 쳐다봤다.

"일방적으로 자기 할 말만 하려면 차라리 하지 마. 어차피 버림받을 테니까 마음대로 하지 그래? 집안일은 평소처럼 해줄게."

내가 뱉어내듯이 던진 말에 엄마는 할 말을 잃었는지 입을 다물었다.

상처를 입혔다. 알고 있다. 그런 단어를 골라서 사용했으니까.

계단을 올라 방에 들어가려고 하니 아래층에서 슬프게 훌쩍이는 소리가 들렸다.

왜 맨날 이렇게 되는 거야.

방문을 닫고서 나는 흘러넘칠 것 같은 눈물을 참아내듯 어금니를 꽉 악물었다.

'1등이 아니면 안 돼.'

친아빠가 사라진 후로 그 말을 거듭 들어왔다. 그러나 기도하듯, 그리고 저주처럼 그 말을 쓰는 당사자는 언제나 1등이 아니었다.

남자에게 실컷 이용만 당하고, 성욕의 배출구 노릇에…… 시달렸으면서도 질리지 않고 또 사랑을 한다.

한심스러운 엄마를 계속 보는 게 싫었다.

남자 따윈 없더라도 나와 둘이서 행복하게 살아갈 수 있건만. 엄마는 그 길을 택하려고 하지 않는다.

내 가족은 엄마뿐인데……. 엄마가 나에게 '넌 1등이 아냐'라고 말하는 것 같아서, 그게 제일…… 슬펐다.

이번에 엄마가 데려온 남자는 확실히 지금껏 만났던 양아치나 반건달과는 달랐다. 양복을 차려입고서 온화하게 웃는 말쑥한 남자였다.

노출된 피부를 보니 문신도 없는 것 같다.

"엄마랑 진지하게 교제하고 있단다. 잘 부탁해."

그가 악수를 청하듯 손을 내밀자 나는 얼굴을 찡그리지 않도록 필사적으로 참았다. 엄마가 남성 뒤에서 불안하게 나를 쳐다봤다.

악수는 사양이다. 싹싹하게 굴고 싶지도, 않다.

그래도 엄마의 체면을 세워줘야겠지……, 라는 마음만이 움직였다.

"……딸인 카오루입니다. 잘 부탁드립니다."

간략하게 인사하고서 고개를 숙였다.

내가 남처럼 대하자 남성이 곤혹스러웠는지 미간을 찡그렸다.

"그렇게 어려워할 것 없는데……, 가족처럼 편하게 얘기해도 돼."

가족처럼, 이라는 말을 듣고서 소름이 돋았다.

뭐가 가족이야. 오늘 처음 만난 남자에게 어떻게 친밀감을 느끼라는 거냐고.

"전 신경 쓰지 않아도 돼요."

나는 그 말만 하고서 남자와의 첫 대면을 마쳤다.

확실히 늘 데려오는 녀석들보다는 그나마 나아보이긴 했다. 그러나 그뿐이다.

나를 회유하려는 그 실웃음이 다른 남자들과 똑같았다. 거리를 바로 좁히려는 시도 역시 나와 커뮤니케이션을 착실히 쌓아나가겠다는 마음이 없다는 방증이다.

모든 게 귀찮다.

침대에 드러누워 사이드 보드에 놓아둔 새 책을 들었다.

「어찌하여 우주는 탄생했는가」

독서부 부장에게서 빌린 책이다.

표지를 손가락으로 매만지고서 책을 껴안듯 몸을 웅크렸다.

나는 내 우주 속에서 살고 있다. 그 누구도 침범할 수 없다.

그러면 나는 그 누구에게도 실망하지 않고 살 수 있을 테니까. 엄마 뒷바라지나 하면서 나름 안정적으로 살다가 엄마의 임종을 지켜본 뒤에는 어찌되든 상관없다.

아무에게도 기대하지 않는다. 아무에게도 의지하지 않는다. 남보다 못해도 상관없다.

그러니.

내 발로 땅을 단단히 내딛고 있다는 자신감만은 잃고 싶지 않았다.

내 우주는 나만이 빛어나가는 것이라고 믿고 싶었다.

그렇게 생각했건만…… 방심한 순간 입이 움직인다.

"…………유즈."

그리고 눈시울이 뜨거워지더니 눈물이 또르륵 흘렀다.

몸을 꼭 웅크리고서 떨었다.

'같은 부활동 동료잖아?'

몇 번이나 재생했는지 기억나지도 않는 상냥한 목소리가 머릿속에 울렸다.

"그만……."

수건을 건네줬던 손이.

부드러운 표정이.

잇달아 머릿속에서 떠오른다.

'들려줘. 비가 그칠 때까지.'

그날부터 내 마음에 비가 계속 내리고 있는 기분이었다.
비가 내리는 동안에는 용납될 수 있을지도 모른다는 달콤한 속삭임이 나를 현혹했다.
나는 그 누구에게도 들려주고 싶지 않았다.
참견쟁이 부장이 내 우주를 부수고 말았다.
그리고 내 우주를 부순 장본인은 지금 더욱 커다란 우주에 닿아서 마음이 뒤흔들리고 있다.
나 따윈 그의 우주에 자리 잡을 권리가 없다.
“대체 어쩌면 좋아…….”
매일 밤 같은 생각을 거듭한다.
어쩌면 좋을까.
답을 보이지 않는 물음을 반복한다.
달리 도리가 없다는 걸 알고 있다.
아래층 소리가 들리지 않도록 귀마개를 하고서 침대 위에서 웅크린다. 정신을 차려보면 어느새 잠에 빠져 있고, 이튿날이 또 찾아온다.
집에는 엄마와 낯선 남자가 있어서 싫었다.
학교에는 유즈가 있어서 달콤한 가슴앓이에 허덕인다.
내가 갈 곳은 어디에도 없었다.

예기치 않은 사건을 계기로 ‘의혹’이 생겨났다.
새 남자가 집에 드나들기 시작한 지 며칠 지난 어느 날. 저녁 식재료를 사러 나가려고 현관에서 신발을 신고 있으니

마침 남자가 집에 찾아왔다.
“여, 안녕.”
“……예.”
“엄마, 있어?”
“없을 리가 없잖아요?”
“하하, 그러네.”
내가 퉁명스럽게 대답했지만 남자가 온화한 표정으로 대꾸했다.
“장 좀 보고 올게요.”
“늘 고맙다.”
“아뇨.”
신발을 다 신고서 현관을 나서려고 남자와 스친 순간.
달콤한, 향기가 풍겼다.
너무 진득해서 콧구멍에 들러붙을 것만 같은 향수 냄새.
무심코 돌아봤다.
“응?”
남자가 고개를 갸웃거리며 나를 봤다.
“……아뇨, 암것도.”
종종걸음으로 집을 나왔다.
말쑥한 남자다. 향수를 뿌리더라도 이상하지는 않다.
그러나 마음에 걸렸다. 자꾸만 저 향기가 ‘남자가 뿌릴 만한 냄새’로는 느껴지지 않았다.
마음이 점점 초조해졌다.

어차피 이번에도 엄마는 버림받는다. 이미 체념을 했건만 관계의 균열을 내가 발견한 것 같다는 감이 든 순간 심장이 쿵쾅쿵쾅 뛰었다.

잠에 들기 어려운 밤.

늦은 밤에 눈이 번쩍 뜨였다.

다시 자려고 눈을 감았지만 왠지 아랫배가 불편하다. 요의가 느껴졌다.

"……하아, 짜증."

생리현상에 저항할 수는 없었다. 방을 나와 계단을 내려간다.

1층으로 내려가 화장실로 가는 도중에 엄마의 침실에서 나는 소리가 귀에 들렸다.

"…………최악이야."

침대가 삐거덕거리는 소리와 거친 숨결.

오늘따라 귀마개를 하고 자는 걸 깜빡한지라 그대로 내려오고 말았다.

볼일을 후다닥 끝나고서 다시 방으로 돌아가기 위해 계단에 발을 올렸다.

그런데 이내 갈증이 느껴졌다. 후덥지근한 계절이라서 목이 자꾸만 마른다.

혀를 차고서 거실로 돌아갔다.

거실 겸 부엌에서 컵에 물을 따라 벌컥벌컥 들이킨다.

컵을 개수대에 놓고서 코로 후우, 하고 숨을 내뱉었을 때 침실 문이 벌컥 열리는 소리가 들렸다.

몸이 굳어 버렸다. 순간적으로 몸을 숨기려고 했지만 거실에 숨을 수 있는 곳은 없다. 서둘러 방으로 달아나고 싶었지만 동요하여 몸이 움직여주지 않았다.

이내 트렁크스만 입은 모습으로 남자가 나타났다.

"어라, 깼구나."

남자가 놀란 얼굴로 나를 쳐다봤다.

"……죄송합니다."

"아아, 아냐…… 사과할 일은 아니지만. 혹시 시끄러웠나?"

그 물음에 인상이 찡그러질 것 같았다.

본인들이 행위를 벌이는 소리를 아이가 들었을지도 모른다고 자각했으면서도 미안해하는 기색조차 없다.

정말이지 가치관이 맞지 않는 것 같다.

"이제 방에 가려고요."

컵을 개수대에 놓고서 남자의 옆을 빠져나갔다.

그러나 계단을 몇 단 올라갔을 때 발이 멎었다.

"저기……."

"어?"

마찬가지로 물을 마시러 나왔는지 남자가 새로이 컵을 꺼내 물을 따르고 있었다.

그가 내 쪽으로 몸을 돌리더니 얼빠진 표정을 지었다.

"사소한 거 하나 물어봐도 되나요?"

내가 말하자 남자의 얼굴이 풀어졌다.
“물론. 뭐든지 물어봐.”
기뻐하는 표정 짓지 마, 하고 머릿속으로 내뱉었다.
내가 마음을 허락했다고 여기는 걸까? 다가와줘서 기쁘다는 듯한 표정을 짓자 나는 불쾌했다.
묻고 싶은 것은 하나였다.
“저기…… 향수 같은 거, 쓰나요?”
내가 묻자 남자가 어리둥절해했다. 무슨 생각을 했는지 팔을 올리더니 본인의 겨드랑이 냄새를 킁킁 맡았다.
“이야, 하하……. 나, 그런 거 잘 모르거든. 세련된 냄새? 혹시 냄새가 나니? 아저씨 냄새 싫지?”
“아뇨, 그냥 궁금해서요. 죄송합니다. 주무세요.”
빠르게 말을 마치고서 계단을 뛰어올랐다.
심장이 마구 뛰었다.
향수를 쓰지 않는다고 했다. 그럼 역시 그 냄새는…….
방문을 쾅! 닫고서.
그대로 문에 등을 기대고서 스르륵 주저앉았다.
“그러니까 말했잖아…….”
지금쯤 침대 위에 만족스럽게 누워있을 엄마를 떠올리자 감정이 북받쳤다.
“최악………… 최악이야…………!”
분해서 눈물이 나왔다.
역시 그 남자는 엄마를 가지고 놀고 있을 뿐이다.

그 사실을 확인한 순간 머릿속에서 깊은 슬픔과…… 분노가 생겨났다.

그리고 문득 어떤 생각이 뇌리에 스쳤다.

그날 남자는 해 질 녘에 여자 냄새를 풍기며 돌아왔다.

엄마는 그 사람을 두고 '일도 착실히 하고 커리어도 있는 사람'이라고 했다. 그러나 향수 냄새가 밸 정도로 여자와 밀착했으면서 일을 하고 퇴근했다?

일을 하고 있다는 것도 거짓말이라면.

그가 엄마에게 했던 모든 말들이 거짓말이었다는 뜻이다.

그건 용납할 수 없다.

"…………확인해 보자."

나는 작은 결심을 가슴에 품고서 침대에 들어갔다.

EP.06

6장

YOU ARE MY REGRET...

A story of love and dialogue between a boy and a girl with regrets.

"오다지마. …………오다지마! 엥? 없나? 연락 못 받았는데. 지각인가."

아침 조회 시간.

히라카즈가 의욕 없이 출석을 부르는 소리를 들으면서 위 부근이 싸늘해지는 듯한 감각에 휩싸였다.

연락도 없이 결석, 혹은 지각.

카오루가 교칙을 가볍게 어긴 적은 있어도 이렇게 결석한 적은 한 번도 없었다.

걱정이 더욱더 가속된다.

집에서 무슨 일이 있었던 게 아닐까.

그렇게 생각하니 평정심을 유지할 수가 없었다.

조마조마한 마음으로 조회를 마친 뒤 1교시가 시작되기 전 짧은 쉬는 시간에 화장실로 달려가 카오루에게 메시지를 보냈다.

[무슨 일이야? 괜찮아?]

몇 분 기다려 봤지만 메시지를 읽었다는 표시가 생기지 않았다.

[뭔가 곤란한 일이 생겼다면 얘기해 줘. 내가 도울 일이 있다면 꼭 말해주고.]

간략하게 메시지를 남기고서 교실로 돌아갔다.
애가 타지만 내가 할 수 있는 일은 그 정도뿐이다.
불안한 마음으로 오전 수업을 받았다.
칠판에 쓰인 내용을 기계적으로 공책에 옮겨 적기는 했지만, 문제를 푸는 시간에는 제대로 집중할 수가 없었다.
운 나쁘게 선생님이 지목하면 나는 모르겠다고만 대답했다. 그러면 선생님이 나를 의아하게 쳐다봤다.
"어디 몸이라도 안 좋니?"
선생님이 물으면 나는 모호하게 쓴웃음만 지었다.
몸이 아픈 것보다도 더 심각하다.
스스로 어찌할 수 없는 초조감에 사로잡혀 있다.
오전 수업이 다 끝나 가는데도 카오루는 학교에 오지 않았다.
점심시간이 되자 다시금 메시지 어플을 켰다.
여전히 메시지를 읽었다는 표시가 없다.
만약에 오후에 수업을 들을 마음이 있다면 어쩌면 점심시간인 지금 이미 옥상에 있을지도 모른다.
나는 점심도 먹지 않고 옥상으로 향했다.
계단을 올라 옥상문을 벌컥 열었더니.
펜스에 기대고 있는 나고시 선배가 있었다.
선배가 놀란 얼굴로 나를 쳐다봤다. 그 손에는 커터칼이 쥐어져 있다.
그것도 날이 튀어나온 상태로.

내가 몇 초쯤 아무 말 없이 선배를 쳐다보고 있으니.

이내 나고시 선배가 평소처럼 온화한 미소를 지었다. 그러고는 칼날을 따라라락 집어넣었다.

"또 혼자가 되고 싶어진 거니?"

선배가 말했다. 어이가 없다는 말투였다.

계단을 막 뛰어올라온 나는 거친 숨을 몰아쉬면서 입을 열었다.

"저기…… 선배…… 여기에."

"안 왔어, 오다지마는."

"어?"

"나 아침부터 줄곧 있었는데 아무도 안 왔어."

내가 뭘 물어볼지 미리 짐작했는지 나고시 선배가 대답했다.

아침부터 줄곧 있었다는 말이 마음에 걸렸다.

"수업…… 땡땡이친 건가요?"

"음~, 뭐 그렇지. 그럴 기분이 아니거든."

"……그런, 가요."

선배의 속내를 여전히 읽을 수가 없었다. 수업을 빠질 작정이었다면 왜 학교에 왔나 하는 의문이 떠올랐다.

그러나 그런 말을 하고 있을 여유가 없다. 카오루를 걱정하는 마음이 순간 생겨난 의문도 밀어내 버렸다.

"저기, 요즘에 매일 카오루랑 여기서 대화를 나눴죠?"

내가 묻자 선배가 고개를 느릿하게 끄덕였다.

"음~, 뭐. 대화를 했다고 봐야 하나? 나만 줄기차게 말을 걸었던 것 같기도 한데."

"카오루, 무슨 말 안 했나요? 뭔가 고민거리가 있다거나."

거듭해서 묻자 선배가 일부러 콧소리를 흘렸다.

"아직도 참견하려는 마음을 못 버렸니?"

나고시 선배가 커터칼을 와이셔츠 가슴주머니에 슥 넣었다.

그러고는 서서히 나에게 다가왔다.

그 태도에서 왠지 박력이 느껴져서 나는 엉겁결에 뒷걸음질을 칠 뻔했지만 참아냈다.

"왜 그렇게까지 파고들려는 거야? 오다지마한테 반했니?"

"그런 거 아닙니다."

"그럼 어째서?"

내 앞까지 천천히 걸어와서는 나고시 선배가 멈춰 섰다.

입은 웃고 있지만, 그 눈에는 차가운 빛이 서려 있었다. 키가 큰 선배가 나를 가차 없이 내려다보고 있다.

위압적인 눈빛으로 내 말을 기다리고 있다.

온몸에 긴장감이 일었다.

그래도 내 말은 바뀌지 않는다.

"같은 부활동 동료이니까요."

내가 단호히 말하자 나고시 선배가 입꼬리를 올렸다.

"후후, 부활동이라니. 너 말고는 제대로 활동하는 사람이 없잖아?"

"그래도요."

“오호~. 그럼 만약에 내가 뭔가 고민거리가 생겨서 네게 ‘도와줘~’ 하고 울면서 매달리면 도와주겠네?”

나고시 선배가 실눈을 뜨고서는 몸을 앞으로 기울여 내 눈동자를 들여다봤다.

그녀의 머리카락이 흔들리자 감귤 계열의 달콤한 향기가 콧구멍을 스쳤다.

나를 시험하고 있는 듯했다.

“가능하다면, 돕고 싶습니다.”

“아, 그래.”

두려워하는 기색을 들킬까 두 다리에 힘을 바짝 주고서 대답하자 선배가 순간 눈을 실처럼 가늘게 뜨고서는 나를 째려봤다.

그리고 가슴주머니에서 커터칼을 꺼내 나에게 내밀었다.

어? 커터칼과 그녀를 번갈아봤다.

선배가 천연덕스럽게 말한다.

“그럼 자……, 이 칼로 날 그어줘.”

“…………예?”

“어디든 좋으니까 쓱 그어달라고.”

선배가 왠지 즐기는 듯한 투로 말하자 나는 당혹스러웠다.

무슨 생각을 하는지 도무지 모르겠다.

“왜, 왜 그런 짓을.”

“나 지금 곤란하거든. 못하겠니?”

“모, 못합니다.”

"부원의 부탁인데? 왜?"

"왜냐면 그건……."

"'나고시 선배를 위하는 게 아니다'라고 말할 작정은 아니겠지?"

선배의 목소리가 험악했다. 그래도 그녀는 옅은 미소를 풀지 않았다.

"그게 바로 독선 아냐? 돕고 싶다면서 당사자가 원하는 걸 듣지 않았잖아."

"…………."

나는 입을 다물었다.

나고시 선배의 말이 궤변이라고 생각했다. 그러나 적절히 받아칠 말이 떠오르지 않았다.

"오다지마는 말이야, 온몸으로 '내버려 두라'라는 사인을 내뿜고 있잖아. 그게 그 녀석이 바라는 거 아냐? 넌 그 아이의 뜻을 짓밟고서 대체 뭘 하려는 거니."

그건 나도 알고 있다.

그래도…… 가만히 내버려 두라는 것이 도무지 그녀의 진심처럼 느껴지지 않으니 이렇게 여기저기 뛰어다니고 있다.

그리고 그건 눈앞에 있는 선배도 마찬가지다.

"……상상했어요."

"응?"

내가 말하자 선배가 고개를 갸우뚱 기울였다.

"말로 표현할 수 없는…… 생각을."

선배의 눈을 보고서 말한다. 그녀의 눈동자가 일순 흔들렸다.

그 틈을 놓치지 않겠노라 말을 이어나갔다.

"나고시 선배는 어째서, 커터칼을 들고 다니는 건가요?"

"……그게 지금 하는 말이랑 관계가 있어?"

"그걸로 그어달라고 부탁했잖습니까."

방금 전까지는 선배가 일방적으로 나를 나무라는 듯해서 막연히 애가 달았다.

그러나 지금은 왠지 마음이 잔잔해진 듯했다.

그다음에 물어봐야할 말이 자연스레 떠올랐다.

"여름인데도 긴소매 옷을 입고."

내가 말하자 나고시 선배가 자연스레 본인의 팔을 내려다봤다.

역시나 싶었다.

조금 미안하긴 하지만, 나는 오른손으로 그녀가 쳐다보고 있는 곳을 쥐었다.

"아파……."

선배의 표정이 고통에 일그러졌다.

내 손바닥에 와이셔츠 안에 둘러져 있는 '붕대'의 감촉이 또렷하게 느껴졌다.

시선을 들어 선배의 눈을 쳐다봤다.

그녀가 당황했는지 눈동자를 이리저리 굴렸다.

"……아픔을 좋아한다고 했었죠. 살아있다는 걸 깨닫게

해준다면서."

"…………아사다."

"당신은 스스로한테 상처를 입히면서 어떤 심정이었나요? 알려 주세요. 그 마음이 당신을 진정 구원해 준다면 전 커터칼로 당신의 몸을 그을 수도 있어요. 하지만 그게 아닌 것 같으니까 못하겠다고 대답한 거예요."

내가 말하자 나고시 선배가 혀를 살짝 차고서는 한쪽 입꼬리를 올렸다.

분명 저 표정은 그녀의 버릇이겠지. 남이 감정을 읽지 못하도록 저러는 것이다.

"…………건방지네, 너."

"누구에게나 표현할 수 없는 생각이 있어요. 제게도 있었어요. 줄곧 깨닫지 못했던 그 기분을……."

말을 하다 보니 머릿속에서 카오루의 얼굴이 떠올랐다.

나를 위해서 눈물을 흘려줬던 그녀의 얼굴이.

'어째서, 어째서…… 떼를 쓰지 않았던 거야!'

……그러는 너 역시 단 한 번도 떼를 쓴 적이 없잖아.

"그런 심정을 깨우쳐 준…… 소중한 친구가 바로 카오루예요. 그러니까……."

눈에 힘을 바짝 줬다.

선배가 입을 반쯤 벌린 채 몇 초쯤 내 눈을 바라봤다.

그러고는 고개를 푹 숙이더니 한숨을 내쉬었다.
이내 고개를 절레절레 젓더니 커터 칼을 가슴주머니에 넣었다.
"넌………… 참 성가신 소년이구나."
나고시 선배가 원래 있던 위치로 성큼성큼 되돌아갔다. 그리고 펜스에 몸을 서서히 기댔다.
"너 같은 녀석이 자꾸 신경을 쓰니 오다지마도 배겨낼 수가 없었겠네."
"싫어한다는 건 알고 있습니다. 그래도."
"이제 알겠다니까. 마음대로 하면 되잖아."
선배가 답답한지 쓴웃음을 지으며 손사래를 쳤다.
"미숙한 소년한테 설교나 해주려고 했더니…… 되레 앙갚음을 당해서 나고시 선배는 풀이 죽어 버렸습니다."
농담투로 말하고서 그녀가 곁눈으로 나를 봤다.
그리고 읊조리듯 말했다.
"'집안일로 좀.'"
"예?"
"그러더라고. 어느 날 노골적으로 기운이 없어 보이길래 '뭔 일이야? 푸념 좀 들어줄까?' 하고 건드려 봤거든. 그랬더니 그 말만 하고서 쭉 침묵하더라."
선배가 고개를 옆으로 툭 기울이고서 나를 흘겨봤다.
"참고가 좀 됐습니까? 히어로 군?"
나를 조롱하는 듯한 말투. 그래도 그녀는 그 정보가 나에게 중요하리라 이해하고서 들려준 거겠지.

"……! 감사합니다!"

내가 고개를 깊이 숙이자 선배가 쫓아내듯 손을 쉿쉿 흔들었다.

"그럼 얼른 가버려. 오늘은 점심밥 안 줄 거야."

"아, 선배……."

당장에라도 옥상에서 뛰쳐나가고 싶었지만, 나는 한 가지 해야 할 일이 떠올라 나고시 선배에게 달려갔다.

그녀가 눈이 동그래져서는 나를 쳐다봤다.

영문을 몰라 굳어버린 선배의 가슴주머니에서 커터 칼을 슥 뽑았다.

그리고 내 셔츠 가슴주머니에 넣었다.

선배가 평소답지 않게 얼이 나간 모습으로 나와 커터칼을 번갈아 쳐다봤다.

"……이거, 빌릴게요."

내가 힘주어 말하자 선배의 입이 헤 벌어졌다.

"어?"

"언젠가 돌려줄게요. 그럼 이만."

할 말만 하고서 발걸음을 돌렸다. 뒤에서 '나 참……' 하고 쓴웃음을 흘리는 소리가 들려왔다.

"야, 아사다."

내가 옥상에서 나가려고 하자 선배가 불렀다.

뒤를 돌아보니 선배가 한쪽 입꼬리를 씩 올리면서 손을

흔든 뒤 말했다.

"내일까지 돌려주지 않으면 새 걸 살 거야."

나고시 선배가 짐짓 웃으며 말했다.

그러나 그 말이 농담으로 들리지 않았다.

나는 침을 꿀꺽 삼키면서 고개를 끄덕였다.

"그럼…… 그것도 또 빌릴게요."

그렇게 대답하자 선배가 몇 초쯤 어리둥절해하더니.

"아하하."

웃음을 뿜었다.

"넌………… 정말로 성가신 소년이네."

그러면서 웃고 있는 나고시 선배가 왠지 즐거워 보였지만, 동시에…… 어딘가 외로워 보이기도 했다.

× × ×

오후에도 카오루는 오지 않았다.

수업을 마치자마자 바로 교무실로 향했다.

"오? 어쩐 일이야?"

담임교사인 오가사와라 히라카즈의 책상으로 갔다.

히라카즈가 의아하다는 얼굴로 나를 곁눈으로 보면서 기울이고 있던 커피 컵을 책상에 내려뒀다.

"저기………… 카, 카오루한테 무슨 연락 없었습니까?"

내가 묻자 히라카즈가 '아아……' 하고 목소리를 낮게 깔면서 고개를 저었다.

"아무 연락도. 그런 거 학생들이 더 활발하지 않냐? 그 뭐라더라? 대화방 같은 거 안 하나?"

히라카즈가 태평하게 말하자 부아가 치밀었다.

"딴 애들한테서 소식을 들었다면 애당초 히라 쌤한테 물어보러 안 왔죠."

내가 짜증을 숨기지 않고 말하자 히라카즈가 '오~, 무서워라' 하고 중얼거리고서 어깨를 으쓱했다.

"뭐, 그도 그런가. 근데 무단으로 학교를 땡땡이치는 건 요즘 애들한테는 보통 아니냐?"

"교사가 할 소립니까……."

"아니, 교사이니까 할 수 있는 말이지. 학교를 고작 하루 빠졌다고 담임이 시시콜콜 전화를 걸면 짜증나잖아."

히라카즈의 말뜻을 모르는 바는 아니다. 그러나 지금은 느긋한 의견이나 들으려고 여기까지 온 게 아니다.

마음이 답답해서 주먹을 불끈 쥐었다.

그러나 그가 아무것도 모른다고 했으니 정말이겠지. 거짓말을 하고 있는 것 같지도 않다.

"만약에 무슨 연락이 온다면 알려 주세요."

내가 부탁하자 히라카즈가 한쪽 눈썹을 치올리고서 나를 봤다.

"왜 너한테 알려 줘야 하는데?"

"걱정되니까요."

내가 대답하자 히라카즈가 콧소리를 흘렸다.
"너, 오다지마한테 반했냐?"
그 말을 듣고 짜증이 최고조에 달했다.
"그렇게 시시덕거리고 있을 때가 아니라고요!!"
내가 외치자 교무실이 정적에 휩싸였다.
교사와 무언가를 제출하러 온 학생들의 시선이 나와 히라카즈에게 쏠렸다.
히라카즈가 겸연쩍은지 목소리를 낮췄다.
"바보 녀석, 큰 소리를 내면 어떡하냐."
"히라 쌤이 한가한 소리나 늘어놔서 그런 거잖아요."
"바보 자식, 나도 진지하게 말한 거라고."
어디가 진지하냐고 생각하면서 내가 인상을 찡그리자 히라카즈가 체념했는지 손을 흔들었다.
"알겠다, 알겠어. 연락이 오면 네게도 알려 주마. 일단 오늘은 돌아가서 머리 좀 식혀."
"……실례했습니다."
일단 고개를 숙이고서 교무실을 나왔다.
빠른 걸음으로 부실에 가서 학교 가방에서 스마트폰을 꺼냈다.
메시지 어플을 켜 봤지만 역시나 메시지를 읽었다는 표시는 없었다.
메시지를 보낸 걸 모르나? 아니면 무시하고 있나?
어느 쪽이든 마음이 무거웠다.

부실 소파에 드러누우면서 생각했다.

나고시 선배의 이야기까지 포함하여 아무리 생각해 봐도 그녀의 집에 무슨 일이 벌어진 것 같다.

카오루네 집과 우리 집에서 가장 가까운 역이 동일하다는 건 알지만, 집 위치까지는 모르기에…… 직접 가기는 어렵다.

만약에 내일 그녀가 등교한다면 기필코 억지로라도 이야기를 듣고야 말겠다.

그렇게 결심했다.

그러나…….

이튿날도, 그 이튿날에도.

카오루는, 학교에 오지 않았다.

7장

EP.07

YOU ARE MY REGRET...

A story of love and dialogue between a boy and a girl with regrets.

카오루가 학교에 오지 않은지 사흘이 지났다.

아침 조회가 시작되기 직전에 나는 뒷자리를 천천히 돌아봤다.

오늘도 빈자리다.

"어~, 오다지마는 오늘도 안 왔구나……. 슬슬 내가 부모님께 연락을 드릴 테니 너희들은 걱정하지 마라~."

히라카즈가 그렇게 말하면서 실눈으로 나를 봤다.

교탁 앞에 앉아 있는 소스케도 이쪽을 돌아봤다.

나는 고개를 숙이고서 한숨을 쉬었다.

이후로도 아침 조회 이어졌지만, 히라카즈의 말이 귀에서 귀로 빠져나갈 뿐 머릿속에 전혀 들어오지 않았다.

순식간에 조회가 끝나고 오전 수업이 진행되었다.

카오루가 없을 뿐인데 이 학교가 왠지 다른 장소처럼 느껴졌다.

대화를 나눌 친구가 달리 없는 건 아니다. 카오루가 없더라도 학교생활에 지장은 없다.

그러나 지장이 없기에 구멍이 뻥 뚫린 것 같은 기분이 든다.

시답잖은 일로 의자가 차여서 뒤를 돌아보면 카오루가 있다. 그리고 실없는 대화를 나눈다.

그런 일상이 당연했다.

통 집중하지 못한 채, 오전 수업을 마쳤다.

점심시간이 시작되자마자 소스케가 내 자리 앞으로 왔다.

"오다지마…… 괜찮으려나? 그 녀석 좀 불량하게 굴긴 해도 학교는 빠지지 않고 왔는데."

늘 웃음이 끊이질 않는 소스케도 이번만은 표정이 가라앉아 있다.

"응……. 나도, 걱정이야."

내가 고개를 끄덕이자 소스케가 아무 말 없이 숨을 천천히 내뱉었다.

그러고는 몇 초쯤 침묵이 이어지다가 그가 '아' 하고 생각났다는 듯이 말했다.

"맞다. 너나 오다지마나 같은 역에서 내려서 간다고 하지 않았던가? 그 역에서 제일 가깝다며."

갑자기 묻는 말에 나는 어리둥절했다.

"그렇긴 한데……."

왜 묻느냐는 듯 고개를 갸웃거리자 소스케가 책상 너머로 몸을 내밀면서 말했다.

"그럼 프린트 가져다주는 김에 상태를 보고 오지 그래?"

소스케의 의견에 나는 눈을 깜빡거렸다.

분명 집이 가깝기는 하겠지만…… 그뿐이다.

그래도 그가 내놓은 발상을 나는 전혀 하지 못했다.

"어, 아니, 그래도…… 집 위치까지는 몰라……."

내가 대답하자 소스케가 '엥~?' 하고 목소리를 뒤집으며 당연하다는 듯 말했다.

"그건 히라 쌤한테 물어보면 되잖냐. 밀린 프린트를 가져다주겠다고 하면 보통은 알려주잖아."

머리에 번개가 떨어진 듯한 기분이었다.

왜 그런 생각을 떠올리지 못했을까.

"…………그렇구나. 그래!"

나는 고개를 연신 끄덕이고서 벌떡 일어섰다. 그리고 소스케에게 고개를 숙였다.

교실을 뛰쳐나가려고 하는 내 팔을 소스케가 붙잡았다.

"야야야!"

"뭐야."

"아침 조회 때 못 들었어? 히라 쌤, 오늘은 오후까지 밖에서 처리해야할 일이 있다면서 볼일이 있으면 방과 후에 오라고 했잖아."

"아, 아아…… 그랬었나."

나는 기세가 꺾여서는 자리로 터덜터덜 되돌아왔다.

그러고 보니 그런 말을 했던 것 같기도 하다. 오늘 조회 내용을 머릿속에 전혀 넣지 않은 탓이다.

소스케가 나를 물끄러미 바라보면서 쓴웃음을 흘렸다.

"너……, 미즈노 씨를 좋아하는 거 아니었냐?"

"이거랑 그건 별개야. 카오루는…… 소중한 친구야."

그렇게 대답하자 소스케가 뭐라 형언할 수 없는 표정을 지었다.

"그래? 친구라……."

소스케가 고개를 몇 번 끄덕였다.

"뭐, 방과 후가 되면 히라 쌤한테 가봐."

소스케가 그 말만 하고서 자기 자리로 돌아갔다.

……그래, 소중한 친구.

카오루가 없는 날을 겪고서 절실히 실감했다. 뒤에 그녀가 없어서 쓸쓸했다.

방과 후가 되면 히라카즈에게 가서 프린트를 가져다주겠다고 하자. 그리고 카오루네 집에 가서 그녀와 대화를 나누자.

그렇게 정했다.

× × ×

순식간에 방과 후가 됐다.

나는 가방도 챙기지 않고 교실을 나섰다.

어서 히라카즈에게 카오루네 집 주소를 물어봐야 한다.

종종걸음으로 복도를 걸으면서 문득 창문 밖을 봤다.

창문에서 보이는 하늘이 두꺼운 구름에 뒤덮여 있다. 비가 쏟아지더라도 이상하지 않을 정도로 어둑하다.

교무실로 향하고자 복도를 걷고 있으니 내 앞에 낯익은 여학생이 홀연히 나타났다.

무심코 눈을 깜빡였다.

"…………카오루."

이름을 부르자 카오루가 퉁명스러운 표정으로 엄지를 세우더니 계단 쪽을 가리켰다.

따라 오라는 의미다.

왜 이런 시간에 온 거야?

지금껏 학교를 쉬고서 뭘 했던 거야?

묻고 싶은 게 많았지만, 우선은 고개를 끄덕이고서 그녀 뒤를 따라갔다.

카오루가 향한 곳은 옥상이었다.

아무 말 없이 계단을 올라 옥상으로 나갔다.

둘러보니 나고시 선배는 없었다.

묵묵히 내 앞을 터벅터벅 걷던 카오루가 드디어 이쪽을 돌아봤다.

더는 참지 못하고 입을 열었다.

"카오루. 메시지 보냈는데. 며칠씩이나 학교를 쉬고서 대체 뭘……."

"이거."

빠르게 쏘아대는 내 말을 끊고서 카오루가 봉투 하나를 내밀었다.

"히라 쌤한테 전해 줘."

나는 눈앞에 내민 봉투를 내려다봤다.

그리고 심장이 철렁 내려앉았다.

봉투에는…… 둥그스름한 글씨로 '퇴부서'라고 적혀 있었다.

"…………왜."

힘없이 중얼거리자 카오루의 눈썹이 꿈틀거렸다. 그러나 이내 정색한 얼굴로 말했다.

"그냥. 지겨워져서."
"거짓말."
"거짓말 아냐. 돌아가서 집안일 같은 것도 해야 하고."
집안일이라는 단어가 마음에 걸렸다.
"실은 가정 문제 때문에 어려움을 겪고 있는 거 아냐?"
내가 말하자 카오루의 표정이 노골적으로 굳어버렸다.
그 모습을 보고서 확신했다.
역시 그녀의 가정에 무슨 일이 벌어진 게 틀림없다.
"저기, 뭔가 고민거리가 있다면 얘기해 줘."
"고민 따윈 없어."
"그럼 왜 부활동에도, 학교에도 오질 않은 거야! 매일 오겠다고 했으면서 어느새 발길을 끊다니. 이유도 없이 그러는 건 이상하잖아!"
내가 강한 어조로 말하자 카오루가 견뎌내듯 입을 꾹 다물다가 이내 차가운 목소리로 말했다.
"마음이 바뀌었을 뿐이야. 아니, 그때의 내 마음이 바뀌었을 뿐이라고 해야 할지도. 유즈랑 아이를 보고서 나도 왠지 마음이 동했었나봐. 그뿐이야."
마치 미리 준비해 온 말처럼 들려서 화가 났다.
"거짓말 치지 마!"
정신을 차려보니 소리치고 있었다. 카오루가 겁을 먹었는지 몸을 뺐다.
자신의 마음을 속이고 있는 그녀를 향한 분노와 슬픔이

동시에 가슴속에서 소용돌이쳤다.

"그런 얼굴로…… 거짓말 하지 마."

하늘에서 우르르, 하는 소리가 들려왔다.

카오루가 괴로워하는 표정을 지었다.

"그럼 난 건넜다. 히라 쌤한테 잊지 말고 전해줘."

카오루가 내 옆을 지나 옥상을 나가려고 하자 팔을 붙잡았다.

"기다려."

"놔."

"싫어."

"이거 놔!"

카오루가 억지로 내 손을 뿌리치고서 이쪽을 째려봤다.

"날 좀 내버려 두라고 하는 건데 모르겠어?!"

"알아. 하지만 내버려 둘 수 있는 표정이 아니니까 걱정하는 거잖아!"

"내가 걱정해 달라고 부탁하기나 했어?! 지금 넌 아이에 관한 생각으로 머릿속이 한가득이잖아. 나 같은 건 내버려 두고 본인 일에나 전념해."

"아이와는 관계없어. 넌……."

"같은 부활동 동료? 근데 이제 아냐. 난 부활동을 그만뒀으니까."

"아직 그만두지 않았어. 수리되지 않았으니까."

"억지 좀 부리지 마. 어쨌든 이제 갈 마음도 없고."

마음이 아팠다.

왜 그런 말을 하는 거야.

진심으로 그러길 바란다면서 어째서 너도 그토록 괴로워하고 있는 거야.

감정이 터질 것 같았다.

"어째서야………… 어째서 아무 말도 해주지 않은 거야."

목소리가 떨린다.

카오루의 눈동자가 흔들렸다. 내 두 눈을 마주하면서 카오루의 표정이 굳어졌다.

그런 표정은 짓지 말아 줘.

"난…… 널 돕고 싶었는데."

"그러니까 도와 달라고 한 적……."

"말할 수 없었던 것뿐이잖아!"

내가 울부짖자 카오루가 말을 잇지 못했다.

나는 밀어붙이듯 말했다. 멈출 수가 없었다.

"말로 하면 네 '우주'가 부서져 내리니까 그렇게 조용히 도망치려는 거잖아!"

내가 말하자 카오루의 눈이 커졌다.

그리고 그 눈동자가 삽시간에 분노로 이글거렸다.

"뭐야, 그거…….

카오루가 떨리는 입술을 열었다.

"그딴 거…… 그딴 거, 이미 진즉에, 부서졌단 말이야!!!"

카오루가 버럭하자마자 어딘가에 번개가 쳤다. 굉음이 울렸다.

뒤이어 비가 부슬부슬 내리기 시작했다.

나는 눈이 휘둥그레져서는 카오루를 보고 있다. 당장에라도 울음을 터뜨릴 것 같은 카오루를.

카오루가 내 쪽으로 발을 쾅! 내디뎠다. 그리고 분노에 몸을 맡긴 것처럼 내 멱살을 잡았다. 기세에 눌린 내 목에서는 쇳소리가 났다.

"네가……, 네가 망가뜨려 버렸잖아!!"

카오루가 나를 진심으로 노려보며 외쳤다.

"내, 내가……."

"그래, 정 듣고 싶다면 말해 줄게! 또 딴 남자가 집에 와 있어! 지긋지긋하지만, 엄마가 '이번에는 진짜'라면서 그 남자랑 결혼하겠대! 근데 그 남자한테는 아마도 딴 여자가 있어서 엄마를 절대로 행복하게 해줄 수가 없다는 걸 알았어. 그래서 어떻게든 그 녀석을 집에서 내쫓으려고 아등바등하고 있다고!!"

카오루가 내 몸을 마구 흔들면서 말을 퍼부었다.

"말했지?! 근데 말해서……, 말해서 뭐가 달라지는데?!"

카오루의 외침이 내 몸을 직접 찌릿찌릿 진동시키는 듯했다.

빗줄기가 굵어지더니 빗방울이 옥상을 후두득 때리고 있다.

머리가 차가워졌다. 그리고 어째선지 몸 바깥보다 심장이 먼저 싸늘해지는 듯했다.

"말하면 네가 우리 집 문제를 해결해 줄 수 있어?! 엄마를 행복하게 해 줄 수 있냐고?! 못하잖아!!"

카오루가 나를 흔들면서 계속 외쳤다.

나는…… 아무 말도 할 수 없었다.

내 옷깃에서 손을 뗀 카오루의 눈이 새빨갛게 부어 있었다. 그러나 그 뺨을 타고 내리는 물방울이 눈물인지, 빗방울인지 나는 알 수가 없었다.

"아무것도 못하면서…… 상냥한 표정 짓지 마!!"

카오루가 격정이 이끄는 대로 울부짖었다.

다시금 번개가 어딘가에 떨어졌다.

"그렇게 손을 뻗어서…… 더는, 내 우주를 망가뜨리지 말아줘……."

마지막에는 힘없이 말하고서 카오루가 덜덜 떨면서 나를 노려봤다.

그러고는 화들짝 놀란 얼굴로 숨을 삼키더니.

탓, 하고 뛰어나갔다.

옥상 문을 난폭하게 열어젖히고서 뛰쳐나가는 카오루를 나는 쫓아갈 수가 없었다. 몸이 움직여 주지 않았다.

제자리에서 하염없이 서 있었다.

그녀의 말이, 맞다.

마음이 조금이라도 가벼워질 수 있다면 털어놓도록 해. 그게 내 의도였다……. 그러나 결국 나는 아무것도 해줄 수가 없다.

해결하기 어려운 문제를 고민하고 있는 카오루에게 그저 상냥한 말만 건넬 줄 아는 존재 따윈 아무런 도움이 되지 않는다.

그 사실을, 깨달았다.

빗방울이 내 뺨을 세차게 때린다.

천둥이 쳤다.

나는 무력감을 곱씹듯 제자리에 서서 장대비를 온몸으로 계속 맞았다.

× × ×

계단을 달려 내려가면서 오열이 터져 나올 것 같은 입을 틀어막았다.

내가 토해낸 말이 모두 분풀이에 불과하다는 걸 잘 알고 있다.

그래도 말하지 않을 수가 없었다.

유즈루가 내 안의 '우주'를 꿰뚫어 봤다는 게 창피했다.

유즈루의 상냥한 말을 듣고 있으니 따뜻했다.

배신당하지 않는 대가로 스스로에게 부여한 고독한 삶에 살며시 다가와 이 넘쳐흐르는 외로움을 메워 준 사람이 바로 유즈루였다.

그러나 결과적으로 내 우주에 타인을 불러들인 것이나 다름없다.

나는 결국 내 우주를 지켜낼 수 없었다.

그리고 그 사실에 괴로워하고 있다.

이럴 줄 알았다면 처음부터 거절할 걸 그랬다.

그런 말들로 유즈루에게 상처를 줄 바에야 처음부터 얽히지 말 걸.

후회만이 가슴속에서 소용돌이쳤다.

계단을 따라 옥상에서 4층으로 내려갔을 즈음.

"카오루 짱?"

이 얼마나 얄궂은 타이밍이야.

아이가 눈을 동그랗게 뜨고서 내 앞에 서 있었다.

"……아이."

"유즈루랑 같이 있는 거 아니었어?"

아이가 작은 새처럼 고개를 갸웃거렸다. 검은 머리카락이 사라락 흔들리는 광경이 너무나도 순수해서 나는 실눈을 떴다.

"어떻게."

"4층을 걷다가 둘이 옥상으로 올라가는 모습을 봤거든. 같이 귀가하고 싶어서……."

아이가 말하자 나는 콧소리를 흘렸다. 위압적인 태도임을 알면서도 자제할 수가 없었다.

"아, 그래? 그럼 둘이서 돌아가지 그래? 난 같이 안 가."

"……그렇구나."

아이가 조금 씁쓸하게 웃고서 고개를 끄덕였다.

"조심해서 가."

아이는 아무것도 묻지 않았다.

물어봐 주길 바란 것은 아니지만, 굳이 아무것도 묻지 않는 그녀의 상냥한 배려가 느껴져서 스스로가 한심했다.

번개 치는 소리가 복도에 울렸다. 근처에 떨어졌는지 학교 건물이 뒤흔들린 듯했다.

"번개, 굉장하네."

아이의 중얼거림을 듣고서 헉했다.

유즈루는 우산을 갖고 있지 않았다.

이 비를 그대로 맞았다가는 온몸이 흠뻑 젖고 만다.

"아이. 이거."

나는 가방에서 접이식 우산을 꺼내 아이에게 건넸다.

아이가 어리둥절해했다.

"어? 우산 갖고 있는데?"

"유즈루한테. 건네줘."

내가 말하자 아이가 몇 초쯤 접이식 우산을 바라보고서 고개를 천천히 저었다.

"네 손으로 건네줘."

아이의 그 말은 고요했지만, 묘하게 힘이 실려 있어서 주눅이 들었다.

……이제와 어떻게 우산을 건네주러 돌아갈 수 있겠어.

나는 다시금 아이의 가슴에 우산을 힘껏 떠밀었다.

"급한 일이 있어서."

그리고 종종걸음으로 아이의 옆을 지났다.

계단을 내려가려고 하자 아이가 불러 세웠다.

“카오루 짱.”

무시할까 망설이다가 결국 발걸음을 멈췄다.

“뭐야.”

뒤를 돌아 아이의 눈을 본 순간 심장이 꽉 옥죄는 듯한 감각에 빠졌다.

그녀의 눈에 엄한 빛이 서려 있었다.

입가도 평소처럼 온화하게 웃고 있지 않았다.

진지한 얼굴로 아이가 말했다.

“마음은, 지워버릴 수 없어. 똑바로 전하지 않으면, 계속 괴로워.”

“……으.”

모든 것을 꿰뚫어본 듯한 그 말을 듣고서 분했는지, 아니면 슬펐는지 눈물샘이 급격히 느슨해졌다.

흘러나올 것만 같은 눈물을 필사적으로 참아내고서 나는 아이에게서 다시 등을 돌린 뒤 계단을 내려갔다.

아이는 더는 나를 부르지 않았다.

× × ×

시간을 잊고서 하염없이 비를 맞았다.

비를 아무리 맞아도 몸이 화끈거려서 뜨거웠다. 그런데도 위 부근이 차갑게 욱신거리는 듯했다.

말로 표현할 수 없는 감정이 가슴속에서 빙글빙글 맴돌고 있다.

그러나 그 속에서 건져 올린 감정은 '무력감'뿐이었다.

결국 나는 카오루의 개인사를 흙발로 짓밟아 그녀를 괴롭히기만 했다.

그것이 한스럽고 슬프고 화가 났다.

"유즈루."

빗소리에 묻혀 옥상 문이 열리는 걸 미처 알아차리지 못했다.

천천히 돌아보니 아이가 서 있었다.

평소처럼 온화한 웃음을 머금고서.

가냘픈 숨이 새어나 온다.

지금은 그녀와 만나고 싶지 않았다.

"…………아이."

"흠뻑 젖었는데? 맨날 날 혼내면서."

"…………됐어."

"감기 걸리겠어."

아이가 비닐우산을 쓰고서 내 곁으로 걸어왔다.

머리 위로 쏴아, 하는 소리가 들렸다. 그리고 뺨을 때리던 비가 멎었다.

"울고 있어?"

아이가 부드러운 목소리로 물었다. 나는 고개를 작게 가로저었다.

"안 울어."

"……울고 있어."

아이가 말하고서 내 눈가에 손가락을 댔다. 그녀의 손가락을 타고 물방울이 흐른다.

"빗물은, 이렇게 따뜻하지 않은걸."

"아이, 미안. 오늘은, 내버려 둬……."

"아니, 안 돼."

아이가 조용히 고개를 가로저었다.

눈시울이 왈칵 뜨거워진다.

그녀가 나에게 아무것도 묻지 않고, 상냥한 위로를 해줄 것 같은 기분이 들었다.

그리고 지금은, 지금만은 그렇게 위로받고 싶지 않았다.

"아이, 부탁할게."

"싫어. 우산 쓰지 않으면 젖어버리는걸."

"젖어도 괜찮아."

내가 꼴사납게 눈물을 흘리며 말하자 아이가 흐릿하게 미소 지었다.

"알겠어."

아이가 그렇게 말했다.

그 순간, 무언가가 툭툭 튕기는 듯한 가벼운 소리가 들리더니 빗물이 또다시 뺨을 때렸다.
"어……?"
고개를 들자 우산을 내던져 버린 아이가 선언했다.
"유즈루가 젖으면 나도 젖어."
"가, 감기 걸려."
"같이 걸릴까?"
아이가 말하고서 생긋 웃었다.
"아, 안 돼, 아이……."
나는 황급히 우산을 줍고자 한걸음 나아갔다.
그런데 동시에 아이가 내 팔을 홱 당겼다.
순식간에 내 몸이 그녀 쪽으로 당겨졌다.
그리고 이내 따뜻한 무언가가 내 몸을 감쌌다.
영문을 알 수 없어서 나는 그저 눈만 멀뚱히 뜨고 있었다.
내 머리 바로 옆에 아이의 머리가 있다. 발치를 내려다보니 나와 눈높이를 맞추려고 그녀가 까치발을 하고 있다.
나를 끌어안고 있다.
"있지, 내 몸, 따뜻하지?"
아이가 나를 끌어안은 채 말했다.
"…………응."
작은 목소리로 대답하자 아이가 내 몸에 두른 팔에 힘을 줬다.
조금 괴롭다. 그러나 그녀의 체온이 전해져 따뜻했다.
"꼬옥, 끌어안고 있으니…… 안심이 되지?"

"…………그런 것 같기도 해."

아이의 뜨거운 숨결이 내 귀에 닿았다.

아이가 속삭이듯 말한다.

"나도, 마찬가지야."

아이의 차분한 말이 내 몸으로 직접 흘러드는 듯했다.

"유즈루를 안고 있으니 따뜻한 것 같아. 유즈루를 꼭 끌어안고 있으면…… 안심이 돼. 네가 여기에 있다는 게 느껴지니까."

아이가 나에게서 천천히 몸을 뗐다.

그러고는 수줍게 나를 쳐다보며 뺨을 어루만졌다.

"근데…… 떨어지니까 조금 춥네."

아이가 키득 웃었다.

"유즈루는…… 본인의 언동도, 타인의 언동도…… 그 모든 걸, 곱씹으며 수많은 생각들을 하고 있어서…… 그래서 괴로운 거지?"

아이가 내 눈을 바라보며 부드러운 음색으로 말을 이어나갔다.

"유즈루의 말은 언제나 상대한테 스며드는 듯 상냥해…….
난 그런 유즈루의 말을 아주 좋아해."

아이의 손이 내 뺨을 거듭 어루만졌다. 따뜻했다.

아이가 대고 있는 부위가 열기를 띠었다. 내 몸이 뜨거워졌음을 깨달았다. 심장에서 뿜어낸 혈액이 온몸을 휘돌고 있음을 의식했다.

싸늘했던 위 부근이 풀어져 간다. 그러나 이번에는 심장이 아팠다.

아이의 상냥한 말에 편안해지는 마음과 그걸 용납할 수 없는 마음이 다투고 있다.

"분명, 다들 그럴 거야. 네가 해준 따뜻한 말을 간직하고 있어. 그래서…… 그 말을 잃어 버릴까 봐 두려워하는 사람도 있어."

"…………그건."

아이가 거기까지 말하자 나는 비로소 그녀가 무슨 말을 하고 있는지 이해했다.

분명…… 카오루를 두고 하는 말이다.

"유즈루처럼 말로 잘 표현할 수 있는 사람만 있는 게 아냐. 나도 그래. 그러니까…… 네게 던져진 말들 때문에 그렇게 울지 마."

아이가 말하고서 다시금 나를 끌어안았다.

그러고는 숨을 흘리며 말한다.

"……따뜻하네."

그 말에 내 눈물샘이 또다시 느슨해졌다.

그녀가 말하는 감각이 온몸에서 주장하고 있다.

따뜻함.

"…………응, 나도. 따뜻해."

내가 솔직하게 말하자 아이가 몸을 바르르 흔들었다.

"에헤헤. 그치?"

“응.”
“잊지 마…… 이렇게 서로 끌어안으면 두 사람 모두 따뜻해질 수 있다는 걸.”
“……응.”
“유즈루의 말은 따뜻해서…… 언제나 누군가의 마음을 데워 주고 있다는 걸 잊지 마.”
“…………응.”
나는 울먹이며 고개를 끄덕이고서 아이에게서 몸을 살며시 뗐다.
아이를 쳐다본다.
내 얼굴을 보고서 아이가 왠지 기뻐하듯 미소 지었다.
“이제…… 괜찮은 것 같아.”
아이가 말하자 나도 수긍했다.
“응…… 이제, 괜찮아.”
아이는 다시금 생긋 웃고서 가방에서 검은색 접이식 우산을 꺼냈다.
그리고 나에게 건넸다.
“이거. 건네주래.”
나는 그 우산을 쳐다보며 고개를 끄덕였다.
누가? 라고 묻지 않았다.
“갔다 올게.”
“응.”
나는 종종걸음으로 옥상에 떨어진 비닐우산을 주워 아이

에게 건넸다.

"아이도 곧장 돌아가서 따뜻한 욕조물에 몸을 담가."

"물론. 감기에 걸리면 유즈루가 혼낼 거잖아."

아이가 그렇게 말하고서 웃자 나도 비로소 어색하게 웃어 줄 수가 있었다.

나는 숨을 서서히 내뱉고서 옥상을 뒤로 했다.

이제, 망설이지 않겠다.

"으아, 뭐야 너. 그렇게 젖은 몸으로 교무실에 들어오지 마. 체육복으로 갈아입어, 체육복으로."

흠뻑 젖은 채로 교무실에 들어가자 히라카즈가 당혹스러웠는지 얼굴을 찡그렸다.

"시간이 없어서요. 저기, 카오루네 집 주소를 알 수 없을까요?"

"아? 뭐야, 스토커냐?"

"아닙니다. 프린트, 쌓여 있잖아요. 저희 집이랑 카오루네 집이 근처 같아서요. 전해주겠습니다."

"그건 핑계고, 실은 주소를 알아내려는 거 아냐?"

히라카즈가 의심 어린 눈초리로 나를 봤다.

그러나 나는 그 눈을 똑바로 쳐다봤다.

"아닙니다."

내가 단호히 말하자 히라카즈가 한숨을 내쉬었다.

"뭐, 그렇게 말하니 나도 돕도록 하마. 여러 번 연락해 봤는데도 통 받질 않아."

히라카즈가 수납장 안에서 명부를 꺼내 카오루네 주소만 쪽지에 적어 건네줬다.

"무슨 일 있으면 말해라."

"예. 감사합니다."

쪽지를 받고서 발걸음을 돌렸다.

교무실을 나설 즈음에 히라카즈가 '청춘이구만' 하고 말하는 소리가 들렸다.

8장

EP.08

8장

YOU ARE MY REGRET...

A story of love and dialogue between a boy and a girl with regrets.

작은 접이식 우산을 쓰면서 집에서 가장 가까운 역 앞에 난 길을 걷고 있다.

그러나 오늘은 여느 때처럼 집으로 향하는 길이 아니다.

부활동을 하지 않고 하교하는 건 오랜만이라서 주변이 아직 환하다.

그래도 하늘을 가득 뒤덮고 있는 비구름이 주변을 어둡게 가라앉혔다.

예전에는 비가 내리면 아이만 생각이 났다. 그녀가 내 후회였으니까.

그러나 요즘에는 큰비가 내리면 카오루를 떠올린다. 그녀가 부실로 뛰어들었던 그날을.

지금 그녀에게 손을 뻗지 않는다면 틀림없이 그녀와의 추억마저 후회로 번져버릴 것 같았다.

히라카즈가 알려 준 카오루네 집 주소를 스마트폰 지도 어플에 입력한 뒤에 안내를 따라 걷고 있다.

역에서 15분쯤 걸어가니 카오루네 집이 나왔다.

서양식으로 지어진 단독주택이다.

나는 심호흡을 한 번 하고서 인터폰을 눌렀다.

몇 초 기다렸지만 반응이 없었다.

다시금 눌렀다.

그래도 반응이 없다.

집에 아무도 없나? 그런 생각이 스쳤지만, 어차피 이곳에 카오루가 없다면 그녀를 찾을 수 있는 다른 단서는 없다.

포기하지 않고 인터폰을 여러 번 눌렀다.

4번, 5번, 계속해서 눌렀더니 인터폰은 응답하지 않고 현관문만 덜컥 열렸다.

엉겁결에 숨을 크게 들이마셨다.

현관문 밖으로 얼굴을 비춘 사람은 정장을 입은, 성실해 보이는 남성이었다.

"……무슨 일?"

남성이 나를 수상쩍게 쳐다봤다.

낯선 남성이 나와서 격렬하게 긴장됐다. 그러나 이런 일로 쭈뼛거리고 있을 때가 아니다.

용기를 쥐어짜 목소리를 냈다.

"저기, 전, 오다지마 카오루 씨의 동급생인데…… 학교를 며칠이나 쉬어서 그동안에 쌓인 프린트를 전해주러 왔습니다만……."

내가 말하자 남성은 집 안쪽을 돌아보고서 작은 목소리로 '그래?' 하고 말했다.

저 안에 카오루가 있음을 알아차리자 내 몸이 머리보다 훨씬 기민하게 움직였다.

가슴 높이의 철제문을 열어 현관 앞까지 나아갔다.

"아, 잠깐……!"

당황한 남성이 고개를 내밀고 있는 문 틈새로 안을 들여다봤다.

그 안에 눈이 동그래진 카오루의 모습이 보였다.

그리고 더 안쪽에는 마찬가지로 놀란 표정으로 나를 보고 있는 여성이 있었다. 분명 카오루의 어머니다.

"카오루. 여기 프린트 전달하러 왔어. 그리고 우산도, 돌려줄게."

내가 말하자 카오루의 입에서 힘없이 말이 새어 나왔다.

"…………어떻게."

"히라 쌤이 주소를 알려줬어. 프린트를 전해달라고 부탁받아서."

"저기, 이봐."

남성이 필사적으로 말하고 있는 내 어깨를 툭 밀었다.

힘이 꽤 강해서 몸이 휘청거렸다.

"멋대로 남의 집을 들여다보고, 허락도 없이 남의 집 딸이랑 대화를 하다니 무례한 거 아냐?"

아까 전까지 보여줬던 온후한 태도는 온데간데없이 남성이 대놓고 짜증을 냈다.

"죄, 죄송합니다. 하지만……."

"어디서 말대꾸야. 지금 우린 중요한 얘길 하고 있어. 프린트랑 우산? 그뿐이지? 내가 대신 받으마."

남성이 다짜고짜 나에게 손을 뻗었다. 온몸으로 '냉큼 사라져버려'라는 아우라를 풍기고 있다.

그러나 그에 굴한다면 여기까지 온 의미가 없다.

"저기, 본인한테 전해주고 싶은데요."

"내가 전해줘도 똑같잖아?"

"다릅니다."

내가 확실히 말하자 남성이 한숨을 크게 내쉬고서 문 안쪽에 있는 카오루를 봤다.

"자, 빨리 받아."

남성이 재촉하자 카오루가 당혹스러운지 몇 초쯤 꿈쩍도 하지 않았다. 그런데 남성이 다시금 '얼른' 하고 재촉하자 비로소 머뭇머뭇 신발을 신고서 현관 밖으로 나왔다.

나는 가방에서 프린트를 꺼내 카오루에게 건넸다.

"프린트, 학교 안 오면 또 쌓여. 그럼 내가 또 전해주러 올 수밖에 없어."

내가 말하자 카오루가 당황한 얼굴로 나를 쳐다봤다.

"유즈………… 왜."

"그리고 이거. 우산."

문답이나 벌이고 있을 때가 아니다. 카오루와 나를 날카롭게 쏘아보는 남성의 눈빛이 피부로 느껴졌다.

카오루에게 접이식 우산을 쭉 내밀었다.

"고마워. 신경 써줘서."

"…………."

카오루는 아직도 갈피를 못 잡았는지 우산과 나를 번갈아 보기만 했다.

"애들아, 빨리 해줬으면 좋겠는데."

남성이 기다리다 지쳤는지 입을 열었다.

카오루가 정신을 차렸는지 나에게서 우산을 넘겨받았다.

나는 실눈을 뜨고서 남성을 봤다.
몇 마디밖에 말을 섞지 않았지만, 자연스레 느껴진다.
이 남성은 카오루를 털끝만큼도 존중하고 있지 않다는 것을.
그리고 그 사실로 미루어 보아 아마도 카오루의 어머니 역시 그리 중요하게 여기지 않음을 짐작할 수 있다.
만약에 카오루의 어머니를 진심으로 사랑하고 있고, 그녀와 함께 가정을 꾸려나갈 작정이라면……, 카오루도 그만큼 소중히 여겨야만 한다.
"저기요."
정신을 차려보니 입을 열고 있었다.
"카오루 어머님의 연인이신가요?"
내가 묻자 남성이 실눈을 떴다. 경계하는 눈초리다.
"그런데. 그쪽은 뭐야? 카오루 짱의 남친?"
"아뇨, 동급생이자…… 같은 부 동료입니다."
"오호…… 카오루 짱, 부활동을 했구나."
"몰랐던 거군요."
"몰라. 나한테는 아무 말도 해주질 않으니까."
남성이 나무라듯 카오루를 쳐다봤다. 카오루는 그 시선에서 달아나듯 고개를 돌렸다.
그 광경을 보고 기분이 떨떠름했다.
말로 카오루를 억압하고 있는 것처럼 보여서.
나는 강한 어조로 말한다.

"왜 당신한테는 아무 말도 하지 않았을까요?"
"뭐?"
남성의 얼굴이 험악해졌다. 그 날카로운 눈빛에 순간 겁을 먹을 뻔했다. 그러나 여기서 물러설 수는 없다.
"당신부터가 마음을 열지 않았기 때문이죠."
내가 말하자 남성이 언짢아졌는지 노골적으로 목소리가 억세졌다.
"내가 왜 고등학생 꼬맹이한테 설교를 들어야 하는 거냐."
"중요한 사실을 숨기고서 접근하는 사람한테 카오루가 마음을 열 리가 없을 텐데요."
"……무슨 뜻이야?"
남성의 얼굴이 더욱 험악해졌다. 화가 났다는 걸 훤히 알 수 있었다.
나는 침을 삼키고서 말했다.
"카오루네 어머님 말고도 달리 교제하고 있는 사람이 있는 거 아닙니까?"
내가 똑똑히 말하자 남자도, 카오루도 눈이 커졌다.
"잠깐, 유즈……."
카오루가 내 팔을 붙잡자마자 남성이 부아가 치밀어 목소리를 높였다.
"뭐야. 내게는 아무 말도 해주지 않으면서 저 꼬맹이한테는 그런 소리까지 나불거린 거냐? 카오루 짱."
"…………."

카오루가 긴장한 얼굴로 아무 대답도 하지 않았다.

"그런 헛소리를 하다니. 실은 내가 마음에 들지 않았던 거지?! 혹시 저 여자한테도 그 소리를 한 건 아니겠지!"

남성이 흥분하여 지껄여댔다. 저 여자란 카오루의 어머니를 가리키는 거겠지.

여전히 묵묵부답인 카오루를 보고서 남성이 코웃음을 쳤다.

"그랬구나? 중요한 얘기가 있다고 해서 뭔가 했더니만 저 여자 앞에서 그 얘기를 하려던 거였어. 넌 내게 마음을 닫은 채로 그런 비열한 술수로 날 쫓아내려고 했던 거구나."

기세를 탄 것처럼 남성의 말이 점점 격해졌다.

안에서 카오루 어머니도 현관 밖으로 나왔다.

"잠깐, 그만들 해요. 현관 앞에서, 큰소리를 내다니……."

"넌 입 다물고 있어."

정장 차림의 남성이 붙잡힌 팔을 힘껏 휘둘렀다.

그 광경을 보고서 카오루가 몸을 부르르 떠는 것을 나는 봤다.

그만두세요, 하고 내가 입을 미처 열기 전에.

"……뭐가 잘났다고."

카오루가 나직이 중얼거렸다. 남성의 귀가 그 목소리를 예민하게 포착했다.

"하, 뭐?"

카오루가 고개를 들어 남성을 쏘아봤다. 그녀의 옆얼굴

을 보고 있는데도 그 분노의 열량이 얼마나 되는지 알 수 있었다.

그리고 카오루가 그 분노를 억지로 뱃속으로 밀어 넣듯 차가운 목소리로 말했다.

"여자한테 빌붙는 기생충인 주제에."

그 말을 듣고 남성의 눈이 휘둥그레졌다.

그러고는 이내 부들부들 떨기 시작했다. 눈동자에 분노가 서려 있었다.

"……뭐라고? 다시 한번 말해봐."

"몇 번이든 말해줄게. 너 같은 건 기생충이야!! 매일매일 시간대를 바꾸며 여러 여자들을 후려서 돈을 뜯어내며 살아가잖아!!"

나는 이내 야단났구나 싶었다.

"이 빌어먹을 꼬맹이가!!"

남자가 오른팔을 힘껏 휘둘렀다. 주먹을 불끈 쥐고 있다.

카오루가 몸을 흠칫 떨고서 굳어버렸다. 꼼짝도 하지 못했다.

나는 카오루를 확 밀치고서 남성과 카오루 사이로 몸을 밀어 넣었다.

그 순간 시야가 새하얘졌다. 고오오! 하는 낮은 소리와 팍! 하는 소리가 뇌에 동시에 울리는 듯했다.

뇌가 흔들리는 듯한 감각. 뒤이어서 오른쪽 뺨에 통증이 일었다.

주먹에 맞았다.

간발의 차이로 대신 주먹을 맞았다. 실은 손으로 잡아내고 싶었지만 때를 맞추지 못했다.

이 폭력은 원래 카오루에게로 향하는 것이었다. 이렇게나 힘껏 휘두른 주먹으로 카오루를 때리려고 했다고 생각하니 오싹했다.

어질어질한 뇌를 깨우듯 고개를 흔들고서 나는 남성을 노려봤다.

"사랑하는 사람의 딸한테 폭력을 휘두릅니까……."

"건방진 소리를 하니까……!"

"이제 그만! 제발, 그만……!"

카오루 어머니가 참지 못하고 남성의 팔에 매달렸다.

그리고 동시에 카오루가 내 손을 잡았다.

"유즈, 가자."

"어? 하지만……."

"얼른!!"

카오루가 내 팔을 억지로 당겨 문밖으로 뛰쳐나왔다. 그러고는 달려나갔다.

"카오루?!"

어머니가 외쳤지만, 카오루는 멈추지 않았다.

× × ×

저녁에서 밤으로 접어드는 시간대.

비는 완전히 그쳤다.

역 앞 상점가를 걸으면서 카오루가 내 옆모습을 쳐다봤다.

"얼굴, 부었어……. 얼음 사야겠어."

"괜찮아."

"뭐가 괜찮아. 당장 식히지 않으면 멍이 들 거야."

"됐대도. 애초에 얼굴이 그렇게 깨끗한 편도 아니고."

내가 말하자 카오루가 갑자기 멈춰 섰다. 그리고 나를 찌릿 째려봤다.

그 눈에 눈물이 맺혀 있었다.

"……왜 온 거야."

"왜냐니…… 프린트를, 전해주러."

"그게 아니고!"

카오루가 크게 외치고서, 오열을 참아내듯 목소리를 낮게 깔아 말했다.

"나, 그런 소릴 했는데…………."

나는 뭐라고 대답해야 좋을지 망설였다.

아이가 그랬다. 말로 잘 표현할 수 있는 사람만 있는 게 아니라고.

카오루가 택했던 '거절하는 길'이 그녀로서 가장 옳은 선택이었고, 그래서 나에게 그런 모진 소리를 한 것이라면.

피치 못할 일이었다.

"카오루는 착하니까…… 내가 휘말릴까 봐 그렇게 말한

것 같아서."
내가 말하자 카오루가 미간을 찡그렸다. 눈물을 참아내고 있었다.
"그거, 자의식 과잉이야……."
"알아."
"퇴부했는데."
"퇴부서, 비에 젖어 엉망진창이 됐거든. 그래서 제출 못 했어."
"…………왜, 나한테 간섭하는 거야."
카오루가 말했다.
그 말에는 나를 나무라는 울림이 실려 있지 않았다. 그저 답을 바라는 듯했다.
나는 숨을 작게 내뱉고서 고개를 기울였다.
"그럼 어째서…… 카오루는 내가 아이 때문에 고민했을 때 화를 내준 거야?"
내가 묻자 카오루가 숨을 삼켰다.
"나랑 아이가 어떻게 되든 너하고는 관계가 없었어. 그런데도 카오루는 울면서 화를 내줬어. 그 상냥한 마음씨가 날 구해줬거든……."
카오루가 내 말을 괴로운 표정으로 듣고 있었다.
"그런 착한 친구의 힘이 되어 주고 싶은데…… 안 될까."
"…………바보."
"미안."

"그만하라고 그렇게 말했건만……."
"알아."
"어째서 내 안으로 들어오는 거야……!"
카오루가 끝내 눈물을 흘리기 시작했다.
나는 자조하듯 대답한다. 이것 말고는 다른 대답은 없었다.
"내버려 두면…… 후회하니까."
내가 말하자 카오루의 젖은 눈동자가 그렁그렁거렸다.
"이제 난…… 그 누구 때문이든 후회하고 싶지 않아."
카오루가 묵묵히 내 이야기를 듣고 있다. 눈물을 흘리고 코를 훌쩍이고 있다.
카오루가 카디건으로 눈물을 쓱쓱 훔치고서 말했다.
"유즈."
"응?"
"……돌아가고 싶지 않아."
"알겠어."
"…………바다, 가고 싶어."
"가자."
의사를 간략하게 주고받고서 우리는 걸어나갔다.
바다로 향하는 전철 안에서도 우리는 줄곧 말이 없었다.

9
장

EP.09

YOU ARE MY REGRET...

A story of love and
dialogue between
a boy and a girl with
regrets.

전철을 갈아타고서 바다 근처 역에 도착했을 즈음에는 이미 밤이었다.

여름밤 해변에는 아직 사람들이 드문드문 있었다. 불꽃놀이를 하며 소란을 떠는 젊은이도 있었다.

나와 카오루는 인적이 드문 곳으로 향하고자 천천히 걸었다.

비는 완전히 그쳤지만, 역시나 해변에 비가 내린 흔적이 남아 있다. 모래가 물기를 빨아들여 단단해져서 오히려 신발을 신고도 걷기가 편했다.

해변 가장자리까지 가니 역시나 사람이 아직 있긴 했지만, 다들 시간을 조용히 보내고 싶은지 분위기가 고요했다.

카오루가 파도가 아슬아슬하게 밀려드는 지점에 주저앉았다.

습기를 머금은 모래 위에 앉으면 엉덩이가 축축해지겠다는 생각이 들었지만, 바다까지 와서 그걸 지적하는 건 너무 멋없겠지.

나도 그 옆에 앉았다.

살랑살랑 바람이 부는 소리.

밀려들었다가 빠져나가는 파도 소리.

멀리서 신나게 떠들어 대는 젊은이들의 소리.

해안 도로를 달리는 오토바이의 엔진 소리.

조용히 있으니 여러 소리들이 들려왔다.

바닷바람이 따끔따끔거리는 뺨을 어루만졌다. 신경이 쓰

여서 입 안으로 혀를 움직여 얻어맞은 부위를 누르니 통증으로 욱신거렸다.

바람이 실어오는 짭짤한 내음과 뺨의 통증이 어우러져 뭐라 형언할 수 없는 애달픈 심정이었다.

옆에서 잠자코 바다를 쳐다보고 있는 카오루는 지금 무슨 생각을 하고 있을까.

그런 생각을 하면서 멍하니 보내고 있으니 카오루가 불쑥 중얼거렸다.

"바다를 보면 이런 생각이 들어."

카오루는 훨씬 먼 곳을 쳐다보고 있었다. 밤하늘에 뒤섞여 모호해지는 수평선을.

구름 틈새로 엿보이는 별들이 시야에서 사라지는 곳이 분명 수평선이겠지.

"터무니없이 크고, 끝이 보이지 않고……, 그런데 눈앞에 있어. 우주와 달리 손에 닿는 곳에 있어. 그게 든든하면서도 허무해."

카오루의 목소리는 차분했다. 그러나 그 안에 쓸쓸한 고독이 담겨 있는 듯했다.

"난 우주가 되고 싶었어. 우주가 돼서 자그마한 나 따윈 잊고, 슬픔도 잊고, 모든 게 애매모호해지고……. 그냥, 그 자리에 있기만 하는 존재가 되고 싶었어. 그런데……."

카오루가 거기까지 말하고서 자조적으로 웃었다.

"이렇게 바다나, 별이 뜬 하늘 같은 걸 보면 말이야. 싫어도 깨닫게 돼. 내 몸의 형태를 말이야. 난 인간이고, 여자고, 어린애고…… 무력하고, 자그맣고…… 허무한 존재라는 걸 깨달아."

나는 카오루의 말을 잠자코 듣고 있었다.

카오루가 이렇게 본인의 이야기를 들려주는 건 처음이다.

"그래서 적어도 내 마음 속에 우주를 갖기로 정했어. 그 누구도 침범할 수 없는 나만의 장소를 갖자……고. 그게, 내가 똑바로 설 수 있는 유일한 방법이라고 생각했어."

카오루가 거기까지 말하고서 곁눈으로 나를 봤다.

나와 그녀의 시선이 섞였다.

"웃기지? 난 이런 단어밖에 쓸 줄 몰라."

카오루가 자조적으로 웃자 나는 고개를 천천히 저었다.

"그 말이, 여태껏 널 구해왔던 거잖아. 웃다니 말도 안 돼."

그렇게 대답하고서 나는 하늘을 올려다봤다.

"분명, 카오루 안에는 진짜 우주가 있어. 그 크기는…… 너밖에 몰라. 하지만…… 카오루의 우주는, 굉장히 예쁘겠지."

내가 말하자 카오루가 또 코로 피식 웃고서 나처럼 하늘을 올려다봤다.

"유즈의 그런 말이…… 내게는 계산 밖이었어."

"계산 밖?"

"그래, 계산 밖."

카오루가 고개를 끄덕이고서 그래도 뒤로 쓰러지듯 자빠

졌다.

하늘이 그녀의 시야를 온통 뒤덮고 있겠지.

하늘에 뜬 구름이 눈에 띌 만큼 바람에 실려 흘러가고 있다. 상공에서는 여기보다 훨씬 강한 바람이 불고 있다.

"마음을 닫고서 그 누구에게든 차갑게 대하면, 상냥한 말 따윈 아무도 하지 않을 줄 알았어. 마음의 문을 열려고 하는 사람이 없다면 난 타인의 우주 따윈 생각할 필요도 없었을 거야. 근데……."

카오루가 별 하늘을 올려다보며 말했다.

"그날, 부실에 유즈가 있었고, 내가 아무리 거절해도 얘기를 끄집어내려고 했어……. 왠지, 그때 모든 게 바뀌어 버린 것 같아."

"바뀌었다……."

"그래. 내가, 줄곧 외로움에 떨고 있었다는 걸, 깨달았지 뭐야."

카오루가 뭔가 우스운지 키득키득 웃었다.

"우주가 되고 싶다, 그저 그곳에 있기만 한 존재가 되고 싶다고……. 줄곧 생각해 왔는데. 역시 난 사람인지라…… 외톨이는 외롭다는 걸 알아 버렸어. 그때부터, 내 우주는 이미 부서졌어."

카오루가 말하고서 고개를 옆으로 눕혀 내 쪽을 쳐다봤다.

"유즈 때문이야. 대체 어떻게 할 셈이야."

"…………미안."

"……사과할 일이 아니잖아. 이건, 그냥 화풀이라고."

나 때문이라고 말했으면서 정작 사과하니 고개를 가로젓는 카오루.

분명, 양쪽 모두 그녀의 진심이다.

나는 한숨을 내쉬었다.

"넌………… 혼자서, 해결하고 싶었던 거구나. 너의 우주를 되찾기 위해서."

내가 말하자 카오루가 고개를 천천히 끄덕였다.

"그래. 더는, 유즈한테 어리광을 부리고 싶지 않았어. 부활동도 그만두고서 다시 혼자가 되고 싶었어."

"외로운데 왜 혼자가 되려고 하는 거야."

입에서 소박한 의문이 나왔다.

카오루의 표정이 굳어졌다.

"……당연하잖아."

"왜."

"그야!"

카오루가 갑자기 큰소리를 냈다.

그녀가 몸을 벌떡 일으켜 나를 쳐다봤다.

"언젠가 유즈가 내 곁에서 사라질 테니까!"

카오루가 떨리는 목소리로 말했다.

"이대로 유즈한테 자꾸 매달렸다가 유즈 없이는 살아갈 수 없게 되면 어쩔 건데!"

"그건……, 그야 언젠가는 진로도 나뉠 테고, 언제까지고

시간을 함께 보낼 수는 없겠지만, 인연이 끊어지는 건 아니니까…….”

“그런 말이 아니라!!”

카오루가 외치듯 말했다.

“유즈는…… 아이를 택했잖아!!”

카오루의 말에 나는 할 말을 잃었다.

“……어?”

“좋아하잖아? 아이를.”

“그렇긴 하지만…….”

“그럼…… 역시나 언젠가는 만날 수 없게 되잖아.”

“비약이 심해. 만나는 것 정도야…….”

“만날 수 없어………….”

카오루의 눈에서 눈물이 흘러넘쳤다.

그리고 목을 쥐어짜는 목소리로 말했다.

“1등이 아닌 건, 괴로운걸…….”

카오루가 말하고서 나를 쳐다봤다.

고통에 일그러진 그 표정을 보니 당혹스러웠다.

어째서 아이 이야기를 하는 건지 모르겠다.

1등이라니 그건 또 무슨 말인지.

의문투성이다.

“유즈의 1등이 될 수 없다는 걸 알면서도 곁에 있을 수는 없어…….”

“카오루, 무슨 소리야…….”

내가 당황하고 있으니 카오루가 흥 콧소리를 내고서 실눈으로 나를 쳐다봤다.

"……꼭 이런 때만 상상력이 없네."

그러고는 느닷없이 내 옷깃을 확 끌어당겼다.

그 순간 내 입술과 카오루의 입술이 포개졌다.

"……! ……?!"

나는 눈을 희번덕거렸다.

카오루의 부드러운 입술이 몇 초쯤 나를 붙잡고서는 떨어지지 않았다.

잠시 뒤 카오루가 얼굴을 천천히 뗐다.

지근거리에서 우리의 시선이 교차한다.

그녀의 가느다란 눈동자에 내가 비쳐 있었다.

아아………….

맨손으로 심장을 움켜쥔 것 같은 통증이 일었다.

카오루의 표정이 예전에 보던 표정과 달랐다.

부드럽게 가늘어진 촉촉한 눈동자. 살짝 붉어진 뺨, 그리고 온화하게 올라간 입꼬리.

'유즈루한테…… 붙잡혔으니까.'

공원에서 나에게 그렇게 말했던 아이의 표정과 똑같았다.

지금은 그게 무엇을 의미하는지 나는 알고 있다.

……사랑이다.

사랑을 하고 있는 사람의 표정이다.

카오루의 입술이 슬로우 모션처럼 열리고 천천히 말했다.

"정말 좋아하니까 그만 작별하자?"

목에서 흣, 하고 새된 소리가 새어 나왔다. 들이마신 숨을 뱉을 수가 없었다.

카오루가 그런 내 모습을 보고서 키득 웃었다. 그러고는 천천히 일어서 엉덩이와 등에 묻은 모래를 툭툭 털었다.

할 말은 다 했다는 듯이.

카오루가 나를 힐끗 보고서 걸어갔다.

점점 멀어져 가는 그녀를 나는 쫓을 수가 없었다.

그저 눈동자만 굴리며 당황하고 있었다.

카오루는 나를 좋아했다. 분명 이성으로서.

자신이 우주가 될 수 없음을 깨달았고, 사람임을 자각했으며 여자라는 것도 알고 있다. 아까 전에 그녀가 그랬다.

이제야 그 의미를 또렷하게 깨닫고 말았다.

나를 이성으로서 좋아하게 된 시점부터 그녀의 마음속 감정이 어긋나게 된 것이다.

나는 카오루에게 손을 내밀었지만, 그녀가 나를 이토록 마음의 의지처로 삼았을 줄은 미처 몰랐다.

그런데…… 나는 미즈노 아이의 손을 잡았다.

앞으로 나와 아이가 과거 이상으로 서로 가까워지리라는 걸 깨닫고서 카오루는 나와 함께하는 걸 단념했다.

모든 것이 하나로 이어지자…… 나는 어찌 해야 좋을지

알 수가 없었다.
카오루를 소중한 친구로 여겼다.
그러나 상대가 나를 그런 대상으로 여기지 않는다는 걸 알아버렸으니 이제 더는 어쩔 수가 없잖아.
카오루를 위한다면 이대로 그녀가 멀어져 가는 것을 잠자코 용인하는 편이 낫지 않을까.
말로써 정리할수록 그녀를 쫓아갈 수가 없겠다는 생각이 점점 짙어졌다.
그런데 가슴이 아파왔다.
가지 말아 달라고 외치고 싶었다.
카오루는 나에게…… 마음을 허락해 줄 수 있는 첫 친구였는데.
그런 명확한 감정이 마음속에서 생겨난 순간.
카오루가 옛날에 했던 말들이 머릿속에 울렸다.

'둘은 각자 '우주'를 갖고 있고, 그 우주들은 각기 다른 빛깔로 빛나고 있어! 근데 '우주'가 한데 합쳐졌다고 해서 누군가의 빛깔에 맞출 이유는 없잖아?! 그건 아니잖아!'
'어째서, 어째서…… 떼를 쓰지 않았던 거야!'
'그거, 죄다 네가 정한 거잖아!'
'그런 이별이…… 미즈노 씨한테……, 기쁠 리가…… 없잖아…….'

……그랬다. 떠올랐다.

그녀는 그렇게 말하면서 내 등을 밀어 줬다.

……너도, 마찬가지 아냐?

정신을 차려보니 일어서 있었다. 옷에 묻은 모래를 터는 것도 잊고서 달려 나갔다.

아직, 카오루의 등이 보인다.

"카오루!!!"

내가 외치자 카오루가 순간 멈칫했지만, 금세 다시 걸어갔다.

정신없이 달렸다.

가슴속에서 강렬한 감정이 빙글빙글 소용돌이치고 있다.

슬픔도 아니다. 조바심도 아니다.

……분노였다.

카오루가 순간 돌아봤다.

내가 점점 다가오자 그녀도 안달이 난 것처럼 뛰기 시작했다.

나도 남자다. 피차 달리고 있지만, 거리를 조금씩 좁혀서 마침내 카오루의 팔을 붙잡았다.

목구멍 속에서 뜨거운 숨이 새어 나왔다.

"카오루, 잠깐만!"

"싫어, 놔."

"싫어!"

나는 힘을 실어서 카오루의 팔을 홱 당겼다. 그 힘을 버텨내지 못하고 그녀의 몸이 내 쪽으로 향했다.

카오루의 두 어깨를 잡았다.

그녀의 두 눈에서는 눈물이 뚝뚝 흐르고 있다. 얼굴이 엉망이었다.

울고 있잖아.

가슴이 먹먹했다. 가슴에 맺힌 말을 힘껏 토해냈다.

"넌 늘 그래!"

"뭐, 뭐가……."

"그렇게 울고 있으면서, 울면서 내게 등을 돌려!"

"그야, 왜냐면……."

"뭐가 왜냐면이야! 그런 얼굴로 가버리는 사람을 어떻게 쫓아가지 않을 수가 있겠냐고!"

"쫓아오지 말라고 했잖아!!"

"그럴 수 없단 말이야!!"

나는 힘껏 외쳤다. 하고 싶은 말들을 머릿속으로 정리하지 못했다. 그럼에도 멈출 수가 없었다.

"내……, 내 마음은 어쩌란 말이야!!"

카오루가 기가 꺾였는지 숨을 멈췄다. 그녀의 눈동자가 흔들렸다.

"넌 내게 외쳤잖아! 모든 걸 스스로 결정해 버리면 상대방의 마음은 어쩌냐고. 그리 말했잖아! 넌 날 잊고서 언젠가 편해질 수 있을지도 모르겠지만, 그럼 난 어쩌란 말이야!!"

내가 말하자 카오루도 질 수 없다며 눈빛을 날카롭게 번뜩였다.

"나 같은 건 잊어 버리면 되잖아! 아이랑 사이좋게 지내고, 둘만의 시간을 쌓아 가면서 행복해지면 되잖아!"

가슴이 아프다. 전해지지 않는 이 마음이 애달파서 찢어질 것만 같다.

내 말은 그런 뜻이 아니야. 그런 이야기를 하고 싶은 게 아니야.

카오루하고만 공유할 수 있는 공간이 있다.

카오루하고만 나눌 수 있는 이야기가 있다.

카오루가 오기 전까지 부실 소파는 그냥 장식품이었다. 카오루와 만나지 않았다면 컵라면은 별로 인연이 없는 음식이었을 테고, 우주 따윈 하늘에 떠있는 손에 닿지 않는 존재였을 테고, 다른 사람의 채워지지 않은 두 번째 단추 따윈 안중에도 없었을 것이다.

하고 싶은 말이 많건만 내 말은 자연스레 하나로 집약되어 갔다. 그 말이 열기를 머금고서 아픈 심정을 싣고서 입에서 터져 나왔다.

"부실에 네가 없으면 쓸쓸하단 말이야!!"

내가 외치자 카오루가 숨을 깊이 들이마셨다. 이번에는 그녀의 목에서 흡, 하는 소리가 울렸다.

"나도 마찬가지야. 줄곧 혼자였어. 반에서 고립된 건 아니고 친구도 있긴 하지만, 달라. 난 마음이 편안해지는 공간 안으로 누군가를 들여 본 적이 없었어. 독서부 부실은 조용해서 아무런 방해도 받지 않고 책을 읽으며 마음이 편안해지는 곳이었어. 내게 그 부실은 생활의 일부였어."

나는 속내를 모조리 토해내듯 말했다.

"근데 그날 네가 왔고, 그 이후로 종종 부실에 얼굴을 비치면서…… 깨달았어. …………나도, 외로웠어."

책을 읽는 걸 좋아했다.

새로운 지식을 늘려가는 것도, 이야기에 몸을 싣는 것도 나라는 존재를 잊어버릴 수 있어서 편했다.

이야기 속에 내가 존재하지 않음을 알고 있다.

책을 읽는 나를 긍정해 주는 사람이 있었으면 했다.

누군가와 이야기에 관해 대화를 나눌 기회가 절실했다.

그러나 전부 체념하고 있었다.

독서와 외톨이는 한데 얽혀 있으니까.

"네가 있는 부실을…… 좋아했어."

내가 말하자 카오루가 고개를 붕붕 저었다. 그런 소리 말라는 듯 뒷걸음질 쳤다.

아이의 말이 떠오른다.

'잊지 마…… 이렇게 서로 끌어안으면 두 사람 모두 따뜻해질 수 있다는 걸.'

분명 나와 카오루는 마음속에서 서로 끌어안고 있었다.

서로가 서로의 외로움을 메워주고 있었다.

카오루가 고개를 연신 저었다.

"……그건, 그건 네 생각일 뿐이야."

"알고 있어. 지금 떼를 쓰고 있는 거야, 난!"

카오루는 자신의 우주 속으로 나를 들인 것을 분명 후회하고 있다.

나도 그걸 알고 있다.

그렇다고 그녀가 떠나는 걸 잠자코 지켜볼 수는 없었다.

왜냐면.

"나랑 만나서 네 우주가 넓어졌다면…… 내 우주 역시 너랑 만나서 넓어졌어."

내가 말하자 카오루의 눈이 휘둥그레졌다.

"내 우주를 이렇게 넓혀놨으면서 두렵다는 이유로 멋대로 사라져 버리면, 어쩌란 말이야……!"

마침내 카오루의 얼굴이 잔뜩 일그러졌다.

굵은 눈물이 펑펑 쏟아지고 있다.

"그건, 너무하잖아……. 나만 인내하면서 줄곧 네 곁에 있으라는 말이야……?"

"너도 너무해……. 내 친구가 됐으면서, 연애를 성취하고 싶으면 널 포기하라는 거야?"

"맞아! 필요 없다고 했는데 멋대로 손을 내밀고……, 기대감을 품게 해놓고서는…… 이번에는 어디론가 가버리려고 하잖아."

"손을 잡은 사람은 너잖아!!"

"손을 내밀지 않았으면 잡지도 않았어!!"

어린애 같은 말싸움이 시작됐다.

"그럼 책임져. 내 우주를 엉망진창으로 만들어 버린 책임을 지라고!!"

"책임을 지라니, 날더러 어쩌란 말이야!!"

"몰라, 그런 거!!"

서로가 서로에게 외친다.

정신을 차려보니 나도 눈물을 주르륵 흘리고 있었다.

어른거리는 시야에 카오루가 고개 숙인 모습이 비쳤다.

"우우…………우우우우……흑!"

카오루가 신음하면서 주저앉고 말았다.

그녀가 몸을 계속 떨고 있다. 오열을 하면서 계속 훌쩍거리는 그녀를 보고 있으니 나도 속에서 복받쳐 오르는 게 있었다.

어찌할 수 없는 격정. 참을 수 없는 눈물.

우리는 가슴속 열기를 모조리 토해낸 것처럼, 둘이서, 해변에서 계속 울었다.

× × ×

"…………최악이야, 정말로."

"…………너 때문이야."

"유즈 탓."

"아니, 네 탓이야."

해변에서 둘이서 무릎을 감싸고서 앉아 말싸움을 벌이고 있다.

별 의미도 없는 대화. 그래도 입을 다물고 있는 것보다는 마음이 편했다.

울다가 지쳐서 나도, 카오루도 목소리가 거의 쉬었다.

카오루가 짧은 나무 막대기로 모래에 무언가를 그리고 있다. 옆에서 봐도 무얼 그리고 있는지 모르겠다. 어쩌면 그녀 역시 모르는지도 모르겠다.

한동안 카오루가 나뭇가지로 모래를 헤집는 소리에 귀를 기울였다.

사락사락 우는 모래 소리를 듣고 있으니 마음이 왠지 편해졌다.

"…………아직, 아이랑 사귀는 건 아닌 거지?"

카오루가 뜬금없이 툭 말했다.

너무나도 갑작스런 질문이었지만, 어째선지 마음이 동요하지 않았다. 나는 고개를 천천히 끄덕였다.

"……응. 서로를 더 이해한 뒤에 다시 한번 고백할 거야."

그 말을 듣고서 카오루가 코를 훌쩍였다.

"……아, 그래."

카오루가 그렇게 말하고서 나뭇가지를 바다에 홱 던졌다.

그녀의 손가락만한 나뭇가지가 밀려든 파도에 휩쓸려 바닷속으로 사라져간다.

카오루가 후, 하고 숨을 내뱉고서 말했다.
"…………그럼, 나도 떼를 써볼래."
"……어?"
"……나에 대해서도 더 이해하도록 해."
카오루가 곁눈으로 나를 보고서 말했다.
카오루의 젖은 눈동자에 잔물결에 반사된 달빛과 별빛이 비쳐서 반짝이고 있다.
"그래서 날 더욱 알게 되면…… 그럼……."
카오루가 중얼거리듯 말했다.
"날…… 좋아하도록 해."
카오루가 나직한 목소리로 말했지만, 힘이 느껴졌다.
그러나…… 그 바람은 간단히 '응' 하고 고개를 끄덕일 만한 내용이 아니다.
뭐라고 답해야 좋을지 고민된다. 그러나 침묵으로 일관할 수는 없다. 결국 모호한 말을 흘렸다.
"……그렇게 말한들."
"널 곤란하게 만든다는 건 알아."
카오루가 쓴웃음을 짓고서 바다 쪽으로 시선을 옮겼다.
"그래도, 내가 없어지는 건 싫잖아."
"…………응, 싫어."
"그럼, 나도 노력할 테니까…… 유즈도 노력해 줘."
카오루가 말하고서 물결치는 광경을 물끄러미 쳐다봤다.
"……우린, 둘 다 떼쟁이네."

"응, 그러게."

"근데 나…… 난생 처음으로 떼를 써본 걸지도."

카오루가 키득 웃고서 팔꿈치로 내 팔을 툭 찔렀다.

"유즈 때문이야."

나도 흠, 하고 콧소리를 냈다.

"……그건, 그럴지도."

"응, 맞아."

다시 수면 쪽으로 시선을 돌린 그녀의 얼굴을, 조심스레 들여다본다.

얼굴이 작고 곱슬머리가 잘 어울린다. 지금은 눈물에 번져버렸지만, 평소에는 옅게 화장을 하고 있는…… 멋스러운 여자애다.

늘 타인의 접근을 거부하듯 퉁명스러운 표정을 짓고 있지만, 사실은 마음씨가 아주 착하다는 걸 나는 알고 있다.

그런 여자애가 나를 좋아한다고 말해 준 이 상황이 잘 와닿지가 않았다.

만약에 아이가 내 앞에 다시 나타나지 않았더라면.

카오루와 부실에서 줄곧 둘만의 시간을 쌓아나갔다면. 어쩌면 언젠가 나는 카오루를 이성으로서 좋아하게 됐을지도 모른다.

그런 생각이 들 정도로 내 안에서 카오루는 커다란 존재다.

비록 서로가 서로를 생각하는 마음의 방향성은 어긋났을지라도 그 사실만은 변함이 없다.

"……알겠어."

내가 말하자 카오루가 어리둥절해했다.

"어?"

"그러니까 널."

말로 표현하기가 멋쩍었다. 그러나 카오루가 큰 결심을 하고서 고백해줬는데 나만 대답을 하지 않는 건 너무 비겁하니까.

"널 여자애로서 좋아할 수 있는지 생각해 볼게. 생각한다기보다…… 더 많은 시간을 함께 보내면서 아이보다 널 더 좋아한다고 느껴지는 날이 만약에 온다면…… 그땐……."

내가 거기까지 말하자 어두워도 훤히 알 수 있을 만큼 카오루의 뺨이 붉게 물들었다.

그리고 어색하게 시선을 돌렸다.

"이, 이제 됐어. 그 얘긴 끝."

카오루가 대화를 강제로 끊었다.

그런 식으로 마무리가 되자 나도 부끄러웠다. 카오루에게서 시선을 돌려 바다를 바라본다. 구름이 싹 흘러가 버린 하늘에서 달빛이 수면 위로 빛을 아물아물 떨어뜨리고 있다.

……어색한 침묵이 찾아들었다.

밀려들었다가 빠져나가는 파도 소리가 공연히 크게 들렸다.

"유즈."

"응?"

카오루가 자신의 손을 내 손에 살며시 포갰다.
"집 말인데."
"……응."
"이번에는 진짜로 나 혼자서도 해결할 수 있었을 거야. 솔직히."
"……그래? 쓸데없는 짓을 해서 미안——"
"아니, 그게 아니고."
내가 사과하려고 하자 카오루가 내 손을 꼭 쥐며 제지했다.
그리고 차분하게 말한다.
"걱정을 끼쳤다는 건 알아. 메시지도 온 걸 알았는데 일부러 무시했어."
카오루는 여전히 내 손을 세게 쥐고 있었다. 그녀의 온기가 전해져온다.
"혼자서 해결하고, 이제 유즈하고도 거리를 두려고 생각했거든."
"……응."
"근데……."
카오루가 말하고서 나를 봤다.
그리고 온화하게 미소 짓고서 말한다.
"와줬을 때…… 기뻤어. 그러니까 고마워."
카오루가 말하고서 손을 뗀 뒤 일어섰다.
엉덩이에 묻은 흙을 털고서 후우, 하고 숨을 뱉어 내는 카오루.

"뒷일은 내가 확실하게 매듭을 지을 거야. 그러니까……."
카오루가 응어리를 털어낸 듯 평온한 표정으로 나에게 손을 내밀었다.
"이제 걱정하지 마."
그 표정이 몹시도 개운해 보였다. 나도 그녀가 해결의 실마리를 찾았음을 이해했다.
"응…… 알겠어."
고개를 끄덕이고서 카오루의 손을 잡았다.
카오루가 미소를 살짝 짓고서 나를 일으키고자 팔에 힘을 줬다.
내가 허리를 들어 올렸을 때 푹! 하는 소리가 들렸다.
축축한 모래 속으로 카오루의 발이 빠져버렸다.
"앗!"
어중간하게 일어났던 나는 뒤로 넘어가는 카오루의 손에 붙잡힌 채로 앞으로 고꾸라졌다.
"……으!"
가까스로 두 손을 땅에 짚긴 했지만, 카오루를 넘어뜨린 꼴이 됐다.
눈앞에 카오루의 얼굴이 있다.
"아, 아니, 미안……."
당황해하는 내 눈을 보고서 카오루가 입꼬리를 씨익 올렸다.
"한 번 더, 키스할래?"

“……할 리가 없잖아.”
딱 한 번만으로 혼이 쏙 빠져나갈 지경이었는데 두 번이나 할 수 있을 리가 없다. 더욱이 나는 카오루를 여성으로서 막 의식하기 시작한지라…….
“음~? 후후, 아, 그래.”
“…………?!”
카오루가 내 목덜미에 손을 두르고서 홱 당겼다.
카오루의 입술과 내 입술이 또 포개졌다.
머리가 새하얘졌다.
“!! ……!!!”
그러나 이번에는 나도 바로 반응했다.
그녀의 어깨를 홱 밀어내 얼굴을 뗐다.
“하지 말라니까!!”
내가 눈꼬리를 치켜 올리며 항의하자 카오루가 방울이 구르듯 꺄르륵 웃었다.
“아하하, 사귀지도 않는데 벌써 두 번이나 키스를 하다니 발랑 까졌네.”
“너 때문이잖아!!”
“난 괜찮았어. 좋아하는걸.”
정면에서 좋아한다는 소리를 듣고서 나는 할 말을 잃었다. 얼굴이 뜨거웠다.
“됐으니까 어서, 일어서.”
해변에 쓰러진 채로 깔깔 웃고 있는 카오루.

……응어리를 털어내자마자 일을 화려하게 저지르다니.
나는 속으로 푸념하면서 먼저 일어선 뒤 카오루의 손을 잡았다.
그러고는 이번에야말로 확실히 일으켜 주겠노라며 홱 당겼다.
바로 그때.
"야, 너희들."
멀리서 소리가 들렸다. 무슨 일인가 싶어 돌아보니 손전등을 든 경찰관이 우리 쪽으로 걸어오고 있었다.
"고등학생이지? 이런 시간에 뭐하는 거냐."
그 말을 듣고 나는 아래를 내려다봤다.
그래, 학교에서 그대로 카오루네 집에 갔다가 바다까지 오고 말았다.
즉 교복 차림이다.
망했다! 싶으면서도 주머니에서 스마트폰을 부랴부랴 꺼내서 보니 '22시 15분'이라고 표시되어 있었다.
"…………우와."
나는 창백해진 얼굴로 한탄했다.
"아하핫!"
카오루가 우습다는 듯 웃음을 뿜어내며 나를 가리켰다.
"미안하게 됐네!"
"너 때문이잖아!!"

그리하여 나는 난생 처음으로 경찰관에게서 지도 조치를 받았다.

10장

EP.10

YOU ARE MY REGRET...

A story of love and dialogue between a boy and a girl with regrets.

경찰관은 실컷 설교를 늘어놓고 집에 연락을 넣었다. '절대로 샛길로 새지 말라'라는 엄명을 받고서…… 우리는 가장 가까운 역으로 향했다.

경찰은 카오루네 집에도 전화를 걸었지만 연결되지 않은 것 같다.

돌아가는 전철 안에서 우리는 아무 말도 하지 않았다.

전철을 타고서 해변을 떠나가려니 방금 전까지 둘이서 보냈던 시간이 늘 속해 있는 세계가 아니라 마치 다른 곳에서 벌어진 것 같은 기분이 들었다.

그러나 카오루를 힐끗 보니 그녀의 분홍색 카디건에 미처 털지 못한 모래가 묻어 있었다. 역시나 현실이었음을 다시금 확인했다.

사람이 뜸한 전철 안에서 좌석에 앉아 창밖을 멍하니 보고 있었다. 흘러가는 밤거리 풍경은 온통 익숙하지 않은 것들뿐이었다. 그러나 우리가 사는 동네로 조금씩 다가가고 있다.

분명 나는 앞으로도 여러 곳을 가겠지. 그래도 언젠가는 원래 있던 곳으로 돌아간다.

나와 카오루는 원래 있던 곳으로 돌아갈 수 있을까?

그런 생각을 하고 있으니 옆에 앉은 카오루가 내 어깨에 자신의 어깨를 붙였다.

그쪽으로 시선을 돌리니 그녀가 나와 마찬가지로 창밖을 보고 있었다.

그에 이끌려서 그쪽을 쳐다보니…… 창문에 비친 카오루와 눈이 마주쳤다.

카오루가 미소를 살짝 짓고서 시선을 슥 돌렸다.

그러나 어깨만은 여전히 내 몸에 붙이고 있었다.

……분명, 원래 있던 곳으로는 돌아갈 수 없을 것 같다.

우리의 관계는 명확히 바뀌고 말았다.

눈을 내리깔고서 숨을 깊이 내뱉었다.

그래도 좋다, 그렇게 생각했다.

중학교 때 아이와 헤어지고서…… 후회했다.

마음을 전하지도, 그녀의 마음을 확인하지도 않은 채…… 대화를 포기하고서 달아났다. 마음에 작은 가시가 박힌 자리가 곪아서 괴로웠다.

이제 제대로 대화를 나눠보지도 않고 누군가와 인연을 끊는 건 사양이다.

카오루의 안에서 무언가가 바뀌었다면 나 역시 바뀌어야만 한다.

둘이서 괴로워하다가 끝내 택한 길이 '이별'일지라도……, 그땐 분명 서로 납득할 수 있겠지.

내가 어깨에 힘을 주어 카오루의 몸 쪽으로 붙이자 그녀가 살짝 콧소리를 냈다.

전철이 우리를 일상으로 데려간다.

우리의 무언가가 바뀌었을지라도…… 일상은 계속 이어진다는 걸 알려준다.

"그럼 여기서 헤어지자."
가장 가까운 역에 도착하자 카오루가 평소 말투로 말하고서 한 손을 올렸다.
"……응. 여기서."
나도 고개를 끄덕이고서 카오루를 쳐다봤다.
그녀가 키득 웃고서 아무 말 없이 반대 방향으로 걸어나갔다.
나는 그녀의 등을 몇 초쯤 바라보고서 집 방향으로 걸어나갔다.
실은 따라가고 싶었지만…… 카오루는 '자기가 어떻게든 하겠다'고 했다. 내가 따라가 봤자 필시 방해만 되겠지.
그렇게 생각하면서 걷고 있으니.
"유즈!"
뒤에서 카오루의 목소리가 들렸다.
돌아보니 저 멀리서 카오루가 이쪽을 보고 서 있었다.
"뭐야!"
늦은 밤 역 앞에는 우리 말고 아무도 없어서 우리의 목소리만이 되울리고 있다.
카오루가 카디건 주머니에 손을 찔러 넣으며 몸을 살짝 앞으로 내밀고서 말했다.
"이름, 불러줘!"
그 말을 듣고 나는 '아' 하고 소리를 작게 흘렸다.
예전에도 이런 말을 들은 적이 있었던 것 같다.

부활동을 마치고 부실 문을 잠근 뒤…… 노을이 비치는 복도에서.

그날 몹시 쓸쓸해 보였던 카오루의 표정이 또렷이 기억난다.

분명…… 그 무렵부터 카오루의 가정환경이 또 나쁜 방향으로 바뀌기 시작했겠지. 그 즈음부터…… 카오루는 혼자서 괴로워했다.

나는 가슴이 아파오는 것을 느끼면서 손을 흔들었다. 그리고 입을 열었다.

"카오루!"

이름쯤이야 얼마든지 불러줄게.

그래서 네 마음이 조금이라도 가벼워질 수 있다면 몇 번이고.

"내일 또 봐!"

내가 말하자 카오루가 멀리서도 알 수 있을 정도로 기쁘게 미소 짓더니.

"내일 또 봐! 유즈!"

크게 손을 흔들었다.

× × ×

"네가 지도 조치를 받다니."

"아파, 아파! 조금만 더 부드럽게……."

"제대로 붙이지 않으면 벗겨지잖니."

혼쭐이 나겠구나…… 하고 예상하면서 귀가하니 엄마는 김이 샐 정도로 태연하게 '아, 어서 오렴' 하고 나를 맞았다.

지금은 얼굴에 난 멍에 습포와 테이프를 붙여주고 있다. 약간 허술한 손놀림으로 테이프를 휙휙 붙이고서 마지막에는 뺨을 찰싹 때렸다. 아프다.

"그래서 뭐니 그 멍은? 싸웠니?"

엄마가 한쪽 눈썹을 치올리며 고개를 갸웃거렸다.

"아니, 싸운 건 아닌데……."

"일방적으로 얻어맞았다는 거야? 되갚아 줬어야지."

"엄마……."

혼나지 않은 것 자체는 마음이 편하지만, 그 발언은 부모로서 좀 그렇지 않나 싶다.

"그래서 무슨 일이야."

그러나 설명은 똑바로 하라는 듯 날카로운 시선으로 나를 쳐다보고 있다.

지도 조치를 받고서 돌아온 것도 모자라서 얼굴에 얻어맞아 생긴 멍까지. 당연히 설명해야 할 의무가 있다.

"……실은."

나는 오늘 겪었던 모든 일들을 엄마에게 말했다.

"그랬구나. 그래서 얻어맞은 거구나."

"……예."

"그야 네가 허튼 짓을 하니까 그러지."

엄마가 단호히 말하고서 거실 탁자에서 일어섰다.
그러고는 주전자에 물을 채우고서 불에 올렸다.
나는 그저 고개만 숙이고 있었다.
"남의 집 가정사에 참견했으니 그야 화가 날 만도 하지."
"……그렇지."
"뭐, 아이를 때린 것 역시 어른으로서 최악이긴 하지만. 그래도 우선은 네가 잘못했어. 알겠니?"
"예."
엄마의 말에는 토를 달 수 없는 힘이 담겨 있었다.
나는 고개를 꾸벅 숙이고서 반성의 뜻을 전했다.
엄마는 나를 쳐다보면서 한숨을 내쉰 뒤 내 곁으로 천천히 다가왔다.
그러고는 내 머리를 마구 쓰다듬었다.
"방금 건 어른으로서의 의견이야."
"어?"
"부모로서는 잘했다고 생각한단다."
엄마가 선선히 말하고서 내 머리가 헝클어질 때까지 계속 쓰다듬었다.
그러고는 생긋 웃었다.
"친구를 위해서 그렇게까지 할 수 있는 아이로 자라서 이 엄마는 기뻐요. 아빠랑 닮았네."
"아니, 그래도…… 난 아무것도 해결하질 못했는데."
내가 침울해하며 말하자 엄마가 얼굴을 찡그리며 고개를

저었다.

"해결하지 못했더라도 상관없어. 그건 엄연히 그 아이의 집안일이니까."

"하지만 해결할 능력도 없으면서 참견만 한 꼴이잖아."

"사내다운 행동을 하고 왔으면서 지금은 시시한 얘기만 늘어놓고 있네, 유 군은."

엄마가 기가 막힌다는 듯 콧소리를 흥 내고서 확실히 말했다.

"보통은 말이지, 누군가가 집안일로 어려움을 겪고 있으면 아무도 도와주러 와주질 않아."

엄마가 말하면서 맞은편 의자에 앉았다.

"하지만 넌 갔어. 그게, 그 카오루 짱? 한테 얼마나 큰 힘이 됐는지 넌 분명 모를 거야."

엄마가 손가락으로 탁자를 통 두드리고서 방긋 웃었다.

"내가 부모님이랑 사이가 나쁜 거 알지?"

갑자기 무슨 소리지?

"뭐…… 할아버지네 집에 한 번도, 가본 기억이 없으니까."

"그 이유를, 말하질 않았구나."

엄마가 어째선지 들떠서는 그렇게 말했다.

"실은 말이야……."

엄마가 팔꿈치를 탁자에 대고 몸을 약간 앞으로 기울이면서 입을 열려고 했을 때 불에 올려놨던 주전자가 피피, 하고 울었다.

"쳇, 타이밍하고는."

엄마가 혀를 차면서 주전자 쪽으로 가서 불을 껐다.

그러고는 티백이 든 컵 두 잔에 뜨거운 물을 붓고서 돌아왔다.

한쪽 컵을 내 앞에 내려뒀다.

그리고 한숨 돌리고서 말한다.

"실은 결혼, 반대당했어."

"어?! 그 소린 처음 들어."

내가 눈이 동그래지자 엄마가 몹시 기뻐하며 고개를 끄덕였다.

"그러니까 처음 말하는 거라니까. 그 사람이 우리 집에 인사하러 왔는데 우리 아버지가 맹렬히 반대했어. 뭐, 확실히 그 당시에 그이는 프리터였고, 밴드를 하고 있었으니……. 사회적인 신용이 최악이니 반대할 만도 했지."

엄마가 옛날을 회상하듯 즐겁게 말했다.

"근데 그 사람이 말이야. 아버지한테 '허락을 받으러 온 게 아니라 선언하러 왔을 뿐입니다' 하고 말하지 뭐니."

"……진짜?"

"그래, 진짜. 그래서 '토우코를 제가 행복하게 해주겠습니다. 그러니 걱정하지 마십시오', 그렇게 말하고는 둘이서 친가를 뛰쳐나왔지."

……너무나도 상상이 되지 않는 광경이라서 뭐라고 말이 나오지 않았다.

우리 아빠는 내가 철이 들었을 적부터 일을 열심히 하는 사람이었다. 단신부임을 거듭하고 있어서 집에도 가끔씩밖에 안 돌아온다.

집에 있는 동안에는 과묵하게 독서를 하거나, 엄마와 나란히 낮잠을 자는 등 별로 활동적이지 않다.

온화하고 박식한 아빠를 좋아하긴 하지만……, 곰곰이 생각해 보니 아빠의 옛날이야기를 들어본 적이 한 번도 없었다.

"…………뭐라고 해야 할까, 굉장하네."

내가 비로소 진부한 감상을 말하자 엄마가 어깨를 들썩이며 키득거렸다.

"후후, 그치? 실제로 이렇게 유즈루도 태어났고, 행복해지긴 했지."

엄마가 말하고서 흐뭇한 표정으로 눈을 가늘게 떴다.

"그땐 말이야, 아무런 근거도 없이 '아아, 이 사람이랑 함께라면 괜찮겠네'……라고 생각했었지."

그러고는 나를 지그시 쳐다봤다.

"문제는 말이야, 언젠가, 여력이 되는 사람이 해결하기 마련이야. 중요한 건 어려움에 처한 사람의 마음을 구해 줄 수 있느냐 없느냐. 그러니……."

엄마가 탁자에서 몸을 내밀고서 내 머리를 다시금 쓰다듬었다.

"넌, 잘 했어."

엄마가 부드럽게 쓰다듬어주자 눈시울이 왈칵 뜨거워지는 느낌이었다.

"……응."

내가 콧소리로 대답하며 고개를 끄덕이는 모습을 곁눈으로 보고서 엄마가 키득 웃었다.

그러고는 컵에서 티백을 꺼낸 뒤 홍차를 스스릅 들이켰다.

"이야, 근데 이리도 용서를 받기가 어려울 줄은 몰랐어. 아직껏 편지를 보내도 답장 한 번 받아본 적이 없거든. 엄마는 가끔 전화를 해주긴 하지만, 아버지는 전혀. 전화를 바꿔 달라고 해도 절대로 응하질 않지. 뭐, 곧 죽게 생겼다는 소식을 들으면 용서를 해주든 말든 멋대로 찾아갈 테지만."

"힘들겠네."

"진짜야. 뭐~, 행복하니까 괜찮긴 하지만."

겉으로는 곤혹스러워하면서도 엄마는 가족 이야기를 즐겁게 하고 있다.

그런 엄마를 보면서……. 나에게도 언젠가 가족이 생길 날이 올까? 그때 이렇게 행복만을 곱씹으며 살아갈 수 있을까?

그런 막연한 생각이 들었다.

"근데 말이야."

엄마가 눈을 여우 눈처럼 가늘게 떴다.

"그 후에 어디에서 뭘 했니? 경찰한테 걸린 시간까지 이리저리 싸다니고 있었잖아?"

나는 눈동자를 이리저리 굴렸다.

"아, 아니, 그게……."

"응?"

"저기…… 바다에 갔어."

"호오~. 그래서?"

"그뿐."

나는 그 화제에서 벗어나고 싶은 마음에 컵에서 티백을 허둥지둥 꺼냈다.

그러고는 홍차를 한 모금 들이켰다. 입을 다물어 버리면 어물쩍 넘길 수 있을 것 같아서였다.

"콘돔은 제대로 썼겠지?"

"풋!"

하지만 그 때문에 오히려 거하게 차를 내뿜고 말았다.

"우와, 더러워! 네가 닦으렴."

"그런 짓 안 했어!!"

내가 언성을 높이자 엄마가 입꼬리를 한껏 올리더니 '또또' 하고 놀려댔다. 엄마의 저런 속된 표정은 보고 싶지 않았다.

"밤늦게 여자애랑 바다에 가서 야한 짓을 하지 않았다니 거짓말이지?"

"엄마가 그러는 거 진짜 최악이라고 생각해."

"그럼 키스는 했겠네?"

"키…… 아니……."

"했구나. 흐~음. 아이 짱을 집으로 부르고, 바다에서는 딴 여자애랑 키스를 하고, 아주 욕심쟁이네."

"아, 아냐……."

"뭐~, 고등학생 때는 노는 게 남는 법이지. 실컷 마음대로 하렴."

엄마는 내키는 대로 말을 쏟아 낸 뒤에 행주를 들고서 결국 본인 손으로 탁자를 훔쳤다.

"우후~, 유즈루, 나이를 먹어도 여자가 생길 기미가 없어서 걱정했는데, 이 엄마는 기뻐요."

"그런 게 아니래도!"

항의를 해도 제대로 들어주지 않는 엄마.

실랑이를 벌이면서도 나는 마음이 조금씩 따뜻해져가는 듯했다.

역시 나는 부모님 복이 있구나 싶었다.

그와 동시에…… 카오루는 지금쯤 어떻게 하고 있을까? 하고 생각했다.

× × ×

집으로 돌아가니 거실에 엄마의 애인과 엄마가 있었다.

거실에 들어가자마자 남자가 가차 없이 나를 쏘아봤다. 그 얼굴에는 빈정거리는 웃음이 번져 있었다.

"다 늦은 시간에 들어오다니. 그 꼬맹이랑 하고 온 거냐?"

남자가 웃으며 말했다. 깔보는 듯한 표정.

"……그게 본모습이네."

내가 말하자 남자의 낯빛이 바뀌었다.

타인의 속을 긁어놨으면서 남이 자신의 속을 긁으면 화를 내는 녀석. 바닥이 다 드러났다.

"하…… 뭐, 됐다. 그나저나 중요한 얘기라니 뭐야. 오후에 날더러 기생충이라고 지껄였겠다."

남자가 몰아세우듯 말했다.

나를 굴복시키려는 공격적인 말.

솔직히 몸집이 큰 남성이 사납게 말하거나, 빠르게 쏘아대면 압박을 받긴 한다. 아무리 센 척해도 마음에 생긴 공포가 몸에까지 전해져 굳어 버린다.

……그래, 평소였다면.

애써 천천히 호흡했다.

괜찮아. 나는 똑바로 행동했으니까.

괜찮아, 나에게는 아군이 있으니까.

진심으로 의지할 수 있는 사람이 있다는 게 이다지도 든든할 줄은 몰랐다.

"그렇게 무례한 말을 내뱉었으니 물론 증거가……."

"있어."

남자의 말을 자르듯 확실히 말했다.

"………………하?"

"그러니까 있다고."

다시 한번 말하자 남자의 표정이 식어갔다. 얼굴에 '그럴 리가 없다'라고 쓰여 있다.

이렇게 얄팍한 남자에게…… 엄마는.

그런 생각이 들었지만 이내 그만뒀다.

나는 스마트폰을 조작해 사진 폴더를 열었다.

거실 탁자에 다가가 엄마와 남자가 모두 볼 수 있도록 내밀었다.

"이건 7월 10일 사진."

과하게 노출한 젊은 여자와 이 남자가 맨션 앞에서 끌어안고 있는 사진.

"이건 7월 11일 사진."

동일한 여자와 팔짱을 낀 채 걷고 있는 남자의 사진.

"이건 7월 12일."

아까 전 여자가 아닌 어떤 여성 직장인에게서 돈을 받고 있는 남자의 사진.

그것들을 보고서 남자의 눈이 휘둥그레졌다.

엄마는 사진들을 유심히 보고서 고개를 서서히 들었다. 그 시선이 남자에게로 향했다.

나는 사실을 열거하듯 담담히 말했다.

"이거, 전부 애인이잖아? 엄마처럼 적적해하는 여자한테서 돈을 뜯어내며 살고 있잖아. 샐러리맨이라는 소리는 거짓말. 정장만 말쑥하게 차려입고서 낮에 이렇게 놀러 다니고 있어."

"이, 이런 사진을, 언제……."

남자가 이마에 식은땀을 흘리며 나를 봤다. 무심코 콧방귀를 꼈다.

정말로…… 나에 관한 이야기를 전혀 듣질 않는구나.

"사흘 동안 등교하지 않았다고…… 오후에 왔던 남자애가 그랬잖아."

내가 대답하자 남자의 눈이 커졌다.

"네, 네가 찍은 거냐……?"

"응."

"왜, 학교까지 쉬면서…… 일부러…… 대체, 어떻게."

어떻게 눈치 챘냐고?

그렇게 물어보고 싶어 하는 속내를 짐작하고서 나는 한숨을 크게 내쉬었다.

기세가 완전히 꺾인 남자가 내 한숨 소리에 어깨를 흠칫 떨었다.

……진짜, 시답잖다.

빨리 끝내고 싶었다.

나는 남자에게 싸늘한 눈빛을 보내며 말했다.

"……당신, 향수 냄새가 나."

내가 그 말을 내뱉자 남자가 몇 초쯤 침묵하다가 무언가가 번뜩였는지 눈을 번쩍 떴다.

"그때……!"

잠들기 힘들었던 그날 밤.

물을 마시러 나왔을 때 남자에게 물었다. 향수를 쓰느냐고.

남자는 천연덕스럽게 그런 거 잘 모른다고 대답했다.

그 말만으로도 충분히 의심이 들었다.

정장을 입고 귀가하는 것 말고는 무엇 하나 노력하지 않는 주제에 이러고도 들통 나지 않을 거라고 믿고 있었다니. 그 어리숙함에도 화가 났다.

그리고 나는 엄마 쪽을 쳐다봤다.

엄마가 당황하여 나에게서 시선을 돌렸다.

……역시나.

엄마도…… 진즉에 눈치 챘잖아.

"쓰레기. 여자 냄새를 풀풀 풍기면서 집으로 돌아오다니."

끝장을 내듯 그렇게 말해줬다.

나는 경멸어린 시선으로, 엄마는 온도감을 읽을 수 없는 시선으로 쳐다보자 남자는 부들부들 떨면서 의자에서 일어섰다.

"너, 어른을 갖고 노는 게 그리도 재밌냐?"

남자가 휘청거리면서 나에게로 다가온다.

온몸에서 소름이 싹 돋았다.

"갖고 논 거 아냐. 단지……."

나는 떨리는 목소리로 말하면서 뒷걸음질 쳤다.

그러나 그 순간 남자가 버럭 소리치면서 나에게로 홱 엄습해 왔다.

"쫑알쫑알거리지 마! 이 꼬맹이!"

남자가 순식간에 내 옷깃을 쥐었다.
내 목에서 흡, 하고 숨이 멎는 소리가 울렸다.
남자가 오른팔을 들어 올리는 모습이 어째선지 아주 천천히 내 눈에 비쳤다.
저녁에 봤던 광경이 머릿속에서 되살아난다.
나를 감싸고서 대신 얻어맞은 유즈.
뺨이 새파랗게 부었는데 유즈는 난처하다는 얼굴로 웃기만 했다.
몸이 쉽게 부러질 것처럼 나긋나긋한데도…… 나를 지켜줬다. 역시 남자애구나 싶었다.
지금 여기에는 유즈가 없다.
지금 내가 얻어맞는다면 유즈가 나를 지켜준 보람도 사라져버린다.
내가 퉁퉁 부은 얼굴로 등교한다면 그 애는 분명…… 울먹이는 표정을 짓겠지.
나는 별안간에 외쳤다.
"또 때리려고 하면 경찰 부른다!!"
경찰이라는 단어에 남자가 멈칫했다.
"하…… 경찰……? 한번 불러봐. 꼬맹이가 어디서 어른을 협박하려고 들어."
남자가 핏발 선 눈으로 나를 노려본다. 순간 느슨해졌던 주먹을 다시 세게 쥐었다.
그 순간 덜커덩, 하고 큰 소리가 들렸다.

의자를 뒤로 홱 미는 소리임을 깨달은 순간.

짝!

메마른 소리가 방에 울렸다.

의자에서 일어선 엄마가 남자의 뺨을 후려쳤다.

엄마가 떨면서 남자를 째려봤다.

그리고 나직이 말한다.

"……나가."

"어?"

남자가 힘이 빠진 것처럼 엄마를 봤다.

엄마가 분노가 서린 눈동자로 쳐다보며 외친다.

"나가라고!! 경찰!! 부르겠어!!"

남자가 흠칫 떨었다.

옷깃을 쥐고 있던 남자의 손에서 힘이 풀리면서 나는 스르르 풀려났다.

"뭐야…… 대체 뭐냐고, 빌어먹을……."

남자가 떨리는 목소리로 나와 엄마에게서 슬금슬금 물러섰다.

"이, 늙은 여편네가…… 내가 잔뜩 안아 줬건만…… 너 같은 건, 내가 없으면 평생……."

"입 다물고…… 나가라고."

엄마가 나직이 말하자 남자는 어금니를 악물더니 가방을 홱 낚아채고서 발소리를 쿵쿵 내며 집을 나갔다.

문이 쾅! 닫히자 엄마는 긴장이 풀렸는지 숨을 깊이 들이

마시고서는 비틀거리며 거실 의자에 다시 앉았다.

"…………으."

엄마가 참았던 눈물을 흘리며 고개를 떨궜다.

나는 그 곁에 머뭇머뭇 다가갔다.

"엄마……."

"……카오루는, 내가 행복해지길 바라지 않니?"

엄마가 코멘소리로 말했다.

가슴이 따끔거렸다.

그럴 리가 없다.

"그건, 아냐……, 난."

"그럼! 왜 이런 짓을 한 거야!"

엄마가 외쳤다. 얼굴에 슬픔이 번져 있다. 나를 비난하고 있다는 걸 그 표정을 보고서 여실히 알 수 있었다.

……왜, 이렇게 되는 거지.

애초에 감사는 바라지 않았다. 마음이 서로 통하지 않음을 알았더라도 애인이 곁에서 떠나간다면 미련이 조금쯤은 남는 게 당연하다.

그런데 명백히 엄마를 이용하기만 했던 사람을 내쫓았는데 왜 그런 표정으로 나를 쳐다보는 거야?

왜 그런 얼굴로 우는 거야?

커다란 감정이 모락모락 솟아나기 시작했다.

그리고 나는 공격적인 말을 내뱉었다.

"…………자신을 사랑하지도 않는 사람이랑 함께 있으

면, 즐거워?"

내가 차갑게 말하자 엄마는 상처를 입었는지 눈이 커졌다.

그리고 고개를 연거푸 저었다.

"아냐, 네가 몰랐을 뿐 그 사람은 날……."

"사랑하지 않았어!! 어째서 모르는 거야!!"

"네가 뭘 안다는 거야!!"

아무것도 모르는 건 오히려 엄마.

"섹스만 했을 뿐이잖아!! 허구한 날 원숭이처럼 해댔잖아!! 그걸 사랑이라고 할 수 있어?!"

"아아, 그래. 그게 거슬려서 내게 앙갚음을 하려고……."

"아니라고!!"

나는 외쳤다. 엄마가 놀라서 말문이 막혔다.

외치긴 했지만 다음 말이 나오지 않았다. 가슴속이 너무나도 뒤죽박죽이었기에.

엄마가 낯선 남자와 섹스를 하는 건 분명 싫었다. 엄마의 '여성'으로서의 모습을 보는 건 생리적으로 꽤 버거웠다.

그래도 나를 슬프게 만든 건 아마도 그게 아니다. 화가 난 이유도, 그게 아니다.

뭘 어떻게 말해야만 내 마음이 엄마에게 전해질까.

문득 유즈가 떠올랐다.

유즈는 내 마음속에 있는, 말로 표현하지 못한 감정을 건져내줬다. 그리고 나를 대신하여 말로 표현해 줬다.

그 상냥한 마음씨에 나는…… 구원받았다.

나는 지금 화가 났고, 그만큼 슬프긴…… 하지만.

그건 내 안에 있는 말일 뿐이다.

엄마를 줄곧 봐온 내가 엄마의 마음에 스며들어 그 안에 가라앉아 있는 말을 찾아내야 한다.

가슴속에서 뒤죽박죽 엉켜있던 말의 실타래가 풀려가는 느낌이 들었다.

엄마가 외로워하고 있다는 걸 안다. 외롭고 외로워서 자신을 받아줄 누군가를 갈망하고 있다는 걸 안다.

……그러나 지금 이대로는 안 된다는 것도 안다.

"나, 엄마가 사랑받지 못하는 이유, 알아."

"……어?"

엄마가 힘없이 고개를 들고서 내 눈을 봤다.

나는 나직이 말했다.

"엄마가, 아무도 사랑하지 않기 때문이야."

그 말에 엄마가 눈을 크게 뜨고서 경직됐다.

그 눈에서 눈물이 또 흘렀다.

"엄마가 사랑하는 사람은 오직 아빠뿐이야. 지금은 그 대역을 줄곧 찾고 있고. 그래서 엄마도 누군가의 대역밖에 되질 못하는 거야."

"그, 그럴 리가……."

"나, 쭉 보고 있었어, 엄마를. 엄마는 날 봐주지 않았지만 쭉 보고 있었어. 왜냐면……."

냉정하고 차분하게 말하고 싶었다.

그러나 말을 이어가다 보니 마음속에서 줄곧 억누르고 있었던 뜨거운 감정이 울컥했다. 나는 이내 코멘소리를 냈다.

목구멍에서 걸려서 그대로 들어가 버릴 것 같은 말을 토해 냈다.

"엄마를, 좋아하는걸……."

엄마가 의자에서 일어났다. 그러나 그 표정은 잘 보이지 않았다.

"카오루……?"

눈물이 뚝뚝 떨어지고 있다. 카디건 소매로 아무리 닦아도 흘러넘친다.

오늘은 울기만 하고 있다. 이미 말라붙은 줄 알았더니만 감정이 격앙되니 눈물이 새어나온다. 인간의 몸은 정말이지 부자유스럽구나 싶었다.

"1등이 아니면 안 된다고 했었지, 엄마. 아빠가 떠나 버려서 그런 말을 한 거지, 다 알아. 그래도…… 그래도……."

나는 떨면서 결국 말했다.

"…………내가………… 있잖아…………!"

엄마는 변해 버렸다.

아빠가 있었을 적에 나에게 보내줬던 온화한 미소와 머리를 쓰다듬어 줬던 부드러운 손길을 줄곧 기억하고 있다.

아빠가 떠나고, 그 구멍을 메우려는 듯이 엄마는 애인을 계속해서 갈아치웠다. 그리고 엄마의 마음은 나에게서 조금씩 멀어져 갔다.

그래도 어렸을 적 상냥했던 엄마의 모습이 머릿속에서 떠나질 않았다.

줄곧 엄마를 좋아했다. 행복해지길 바랐다.

"내가 곁에 있는 것만으로는 안 되는 거야……? 내 마음속 1등은 엄마인데…… 엄마의 1등은 아냐……?"

말과 눈물이 멈추지 않았다.

엄마가 당황했는지 내 앞으로 허둥지둥 다가왔다.

"카오루…… 난……."

"이제 그만해. 만남 모임도, 데이트 사이트도 그만둬. 평범하게 살고, 평범하게 연애해. 그래서 엄마를 진심으로 사랑해 주는 사람과 만난다면 나, 반대하지 않을게……."

"카오루……!"

엄마가 나를 꼭 끌어안았다.

거친 숨이 새어 나왔다.

엄마의 몸은 차가웠지만, 그래도 끌어안고 있으니 아주 따뜻하게 느껴졌다.

오열이 새어 나온다.

"미안해, 카오루, 엄마가……."

"외로웠지. 내 존재만으로는, 그 외로움을 메울 수가 없었던 거지. 미안…… 하지만…… 엄마……."

"이 엄마는, 네가 아무 말도 하지 않아서…… 미움을 산

줄 알고…… 경멸하고, 미워하는 줄 알아서, 그래서…….”

“싫어하지 않아……, 그럴 리가 없잖아…….”

엄마와 부둥켜안고서 엉엉 울었다.

줄곧, 줄곧…… 말하지 못했다.

말로 표현하면 이리도 간단했던 것을.

나는 오랜 세월 쌓아뒀던 마음을 전부 토해내듯……, 응어리를 씻어내듯 눈물이 다 마를 때까지 엄마와 끌어안고서 계속 울었다.

오랜만에 귀마개를 하지 않고 잤다.

이튿날 평소처럼 아침밥을 차리려고 방을 나섰다.

“…………?”

위화감이 들었다.

음식 냄새가 이미 풍기고 있다.

황급히 계단을 내려가니 식탁 위에 아침밥이 차려져 있었다.

그리고 어색해하며 식탁에 앉아 있는 엄마의 모습이 보였다.

“아, 카오루……, 잘 잤니.”

“……좋은 아침.”

나는 식탁에 머뭇머뭇 다가갔다.

식탁에는 흰쌀밥과 미역만 들어간 된장국. 그리고 조금 탄 햄과 못생긴 계란말이가 놓여 있었다.

음식들을 물끄러미 쳐다보다가 엄마 쪽을 봤다.

"……손수 만든 거야?"

"…………응."

"몇 년 만이더라?"

"얘도 참……, 몰라."

엄마가 난처해하며 웃자 나도 어색하게 웃었다.

식탁에 앉아 손을 모았다.

"잘 먹겠습니다."

"응."

묘하게 긴장하면서 못생긴 계란말이를 젓가락으로 집어 입에 넣었다.

꼭꼭 씹었다.

"……어때?"

엄마가 조심스럽게 물었다.

표면은 푸석푸석 딱딱했다. 간이 골고루 되어 있지도 않아서 계속 씹으니 이 사이로 이물감이 느껴지더니 과도한 짠맛이 입 안을 휩쓸었다.

무심코 얼굴을 찡그리고서 고개를 붕붕 저었다.

"……너무 짜. 별로야."

내가 아주 솔직하게 말하자 엄마가 침울해했다.

"…………그래, 그렇구나."

엄마가 어깨를 축 늘어뜨렸다.

그런 엄마의 모습을 보고 입꼬리가 살짝 풀어졌다.

그러나 엄마가 보기 전에 나는 애써 진지한 표정을 지었다.

"더 연습해서……."

나는 눈을 내리깔고서 말한다.

"또, 만들어 줘."

내가 말하자 엄마의 표정이 확 환해졌다.

"응……!"

"자, 엄마도 먹어."

"그래. 잘 먹겠습니다."

정말로 몇 년 만인지 모를 둘만의 아침 식사.

……너무나도 평범하고, 너무나도 행복한 시간이었다.

EP.11

11장

YOU ARE MY REGRET...

A story of love and dialogue between a boy and a girl with regrets.

이튿날 등교하니 교실 맨 가장자리, 내 뒤쪽 자리에 낯익은 여학생이 앉아 있었다.

"……좋은 아침."

내가 인사를 하자 그녀의 곱슬머리가 흔들렸다.

"……안녕."

카오루가 조금 새침하게 대답하고서 나를 힐끗 봤다. 그러고는 금세 눈길을 돌렸다.

"다행이다, 매일 프린트를 가져다주지 않아도 되겠네."

가방을 열면서 말하자 그녀가 내 의자를 쾅! 찼다.

이런 대화도 왠지 오랜만인 것 같아서 무심코 웃음이 키득 나와버렸다.

그리고 가방에서 교과서를 꺼내는 김에…… 너덜너덜한 봉투 하나를 집었다.

"……카오루. 이거 말인데."

카오루 쪽으로 몸을 돌려 봉투를 책상 위에 올려뒀다.

그 표지에는 비에 젖은 '퇴부서'라는 글씨가 써 있다.

"아직 필요해?"

내가 묻자 카오루가 그 봉투를 잠시 쳐다보다가 한숨을 내쉬었다.

그리고 두 손으로 봉투를 쥐고서 쫙쫙 찢었다.

"이런 누더기를, 어떻게 제출하라는 거야."

카오루의 말을 듣고서 나는 안심이 되어 웃었다.

"그래? 잘됐다."

"만약에 또 퇴부하고 싶어지면 히라 쌤한테 직접 내밀 거야. 유즈한테 건네 봤자 제출해 주질 않으니까."

"응, 그렇게 해."

카오루와 이렇게 대화를 나누는 것만으로도 마음이 차분해진다.

카오루가 없었던 며칠은 정말로 숨이 막히는 듯했다.

……바뀌는 것도 있다. 그러나 바뀌지 않은 것도 있다.

또한 이렇게 카오루와 스스럼없이 대화를 나눌 수 있어서 진심으로 기뻤다.

여운을 곱씹고 있으니 복도에서 타다닷, 하고 경쾌한 발소리가 들려왔다.

고개를 들어 확인하기도 전에 누가 왔는지 짐작이 된다.

"유즈루, 좋은 아침!"

"좋은 아침, 아이."

평소처럼 아이가 복도에 면한 교실 창문에서 윗몸을 내밀고서 웃어보였다.

그리고 내 뒤쪽을 쳐다보더니 '아!' 하고 큰 소리를 냈다.

"카오루 짱도 안녕!"

"……안녕."

"괜찮아?"

"뭐, 그럭저럭."

"음~, 괜찮다니 다행이야!"

이게 대화인지 아닌지 의심스러웠지만, 아이는 싱글벙글

웃고 있고, 카오루도 싫지는 않은지 머리카락 끝을 만지작거리고 있다.

왠지 이런 대화도 반갑다.

"아아, 맞다, 맞아. 있잖아…… 수 I 교과서 갖고 있어?"

아이가 손뼉을 짝 치고서 말하자 나는 미간을 찡그렸다.

"까먹었어?"

"아니, 그게 말이야……."

아이가 왠지 말하기 껄끄럽다는 듯이 우물거렸다.

"?"

아이의 그런 모습이 신기해서 나는 의아하게 쳐다봤다.

아이가 나와 카오루를 번갈아 본 뒤 말한다.

"뭐라고 해야 할까……. 가방에 있던 것들이 흠뻑 젖어버려서……."

그 말을 듣고 나는 숨을 깊이 들이마셨다.

그래. 옥상에서 아이가 내 등을 밀어줬을 때, 나는 짐을 갖고 있지 않았지만, 아이는 하굣길이라 가방을 들고 있었다.

그리고 그대로 우산을 내던지고서 나와 함께 비를 맞았다.

"…………미안, 나 때문이네."

내가 사과하자 아이가 고개를 천천히 저었다.

그리고 말한다.

"굳이 말하자면, 카오루 탓?"

아이가 말하자 카오루가 어리둥절해하며 미간을 찡그렸다. 그러나 이내 무언가를 이해한 것처럼 스으, 하고 코로 숨을 내뱉었다.

"……아이, 우산 갖고 있다고 하지 않았던가?"

"갖고 있긴 했지만……."

"왜 안 쓴 거야."

"유즈루가 젖었으니까 나도 덩달아서……."

"그럼 본인 잘못이잖아."

카오루가 말하자 아이가 '아하~!' 하고 목소리를 높이고서 어째선지 몹시 기뻐하며 고개를 끄덕였다.

"듣고 보니 그런지도! 어쨌든 그런 이유로…… 너덜너덜하지 않은 교과서를 빌리러 온 건데……."

아이가 응석을 부리듯 나에게 말했다. 그 몸짓에 저 혼자 당해버린 내 심장이 두근거렸다. 나는 겸연쩍어서 뒤통수를 북북 긁적였다.

"뭐, 사정이 그렇다면야…… 물론 빌려——"

"내가 빌려줄게."

내 말을 끊고서 카오루가 말했다.

"그 외에 오늘 필요한 교과서는?"

카오루가 묻자 아이가 '현대문학이랑 글쓰기?' 하고 대답했다.

카오루가 고개를 끄덕이고서 책상에서 교과서 세 권을 꺼냈다.

"자, 받아. 전부 빌려줄게. 방과 후에 돌려줘."

"알겠어, 고마워!"

아이가 카오루에게서 교과서를 받고서 고개를 공손히 꾸벅 숙였다.
“조금 더 얘기를 나누고 싶지만…… 예령이 울려 버렸으니 다음에 봐!”
아이가 손을 붕붕 흔들고서 또 종종걸음으로 교실로 돌아갔다.
그 뒷모습을 바라본 뒤…… 나는 카오루 쪽으로 몸을 돌려 실눈으로 그녀를 쳐다봤다.
“……우리 1교시, 현대문학인데?”
내가 말하자 카오루가 킁, 하고 콧소리 쳤다.
“됐어. 현대문학은 어차피 필기만 잘하면 점수를 나름 딸 수 있으니까.”
“교과서를 읽으라고 시키면 어쩔 건데.”
“유즈 걸 같이 볼 거야.”
“…….”
그녀가 단언하자 대답할 말이 없었다.
카오루는 그런 나를 보고 일부러 히죽 웃었다.
“같은 반에다가 자리도 가깝다는 이점을 최대한 활용해 보려고.”
그 말에 나는 살짝 당혹해하면서 쓴웃음을 지었다.
“……교과서를 같이 보는 것 정도로는 두근거리지 않아.”
“유즈. ‘단순접촉효과’라는 거 알아?”
“……알긴 하는데.”

"즉 그렇다는 거야."

카오루가 의기양양하게 말하고서 카디건 주머니에서 스마트폰을 꺼내 착착 만지작거렸다.

나는 한숨을 내쉬고서 몸을 원위치로 돌렸다.

바뀌지 않은 것도 있다고 생각했었다.

그러나 나와 카오루의 시간은 다른 방향으로 움직이고 있었다.

……역시나 나는 아이를 좋아하는구나 싶다.

아이와 대화를 조금 나눴을 뿐인데도 기분이 이리도 환해진다. 그녀와 조금이라도 더 오래 함께 있고 싶다.

이 마음은 변함이 없다.

……그러나 카오루의 마음에도 성실하게 마주해야 할 필요가 있다. 그게 카오루와의 약속이니까.

종이 울리고 히라카즈가 교실에 들어왔다.

그리고 교실 가장자리를 힐끗 보고서 오, 하고 감탄 섞인 목소리를 높였다.

"오늘은 오다지마도 있군."

그렇게 말하고서 입꼬리를 씨익 올리며 나를 쳐다보는 히라카즈.

"왕자님이 데리고 돌아왔나아?"

히라카즈가 말하자 반 아이들 머리 위로 물음표가 띄워졌다. 그러나 교탁 앞에 앉아 있는 소스케만은 나를 보고서 히죽거리고 있다.

내가 고개를 저리로 돌리라며 손짓하자 소스케가 계속 히죽거리며 몸을 앞으로 돌렸다.

나는 후우, 하고 숨을 내뱉었다.

비로소, 차분히 수업을 받을 수 있는 날들이 돌아왔구나, 하고 생각했다.

× × ×

“유~즈~루!”

점심시간이 되자 아이가 복도 쪽 창문을 드르륵 열고서 나를 불렀다.

오전 수업이 끝나자마자 아이가 우리 교실에 온 게 희한해서 나는 어안이 벙벙했다.

“같이 점심 먹자.”

아이가 천진난만하게 말했다.

“아아…… 오늘은 건물 탐색 안 해?”

“그보다 유즈루랑 같이 점심 먹고 싶어.”

아이가 꾸밈없이 말하고서 내 얼굴 쪽으로 다가와 귓속말을 했다.

“카오루 짱 일도 해결한 것 같고.”

아이가 그렇게 말했지만 나는 뭐라 대답할 수가 없었다.

아이가 생긋 웃고서 말한다.

“옥상에서 먹자. 날씨도 좋으니까! 먼저 가 있을게.”

아이가 그 말만 하고서 복도를 성큼성큼 걸어갔다.

……너무 갑작스러워서 놀라긴 했지만.

아이의 말대로 카오루의 주변 환경도 안정됐으니 아이와 점심시간을 느긋하게 보내는 것도 좋을 것 같다.

가방에서 도시락을 천천히 꺼냈다.

그리고 자리에서 일어서려고 하자 누군가가 등을 툭 찔렀다.

"응?"

돌아보니 카오루가 어이없다는 표정으로 나를 보고 있었다.

"……아이한테, 말했어?"

카오루가 나를 물끄러미 보고 있다.

"뭘?"

"그러니까…… 나에 관해서, 여러모로……."

그 '여러모로'라는 단어 속에는 문자 그대로 수많은 의미가 담겨 있다고 보는데…….

나는 고개를 저었다.

"아무것도."

"아무것도?"

"그래, 아무것도. 부활동에 통 오질 않아서 내가 걱정했다는 것 정도는 알고 있을 텐데……."

내가 대답하자 카오루가 흐음 하고 뭐라 표현할 수 없는 말장구를 쳤다.

……카오루가 왜 그런 말을 했는지 알고 있다.

아이의 태도에서 왠지 자초지종을 대강 파악하고 있는 것 같다는 느낌이 풍긴다. 나 역시 그렇다.

정말로 아이에게는 카오루가 걱정된다는 말밖에 하지 않았다. 그러나 아이는 내 고민에 스며들어 적확한 말을 해줬다.

아까 아이의 귓속말도 카오루에게 들렸겠지.

내가 그녀에게 무슨 말을 했다고 여길 만도 하다.

카오루는 무언가를 생각하듯 옆머리 끝을 빙글빙글 만지작거리고서 중얼거렸다.

"……아이의 눈에, 뭔가가 보였나 보네."

카오루가 말하자 나는 아무런 대꾸도 못하고 숨만 천천히 내뱉었다.

오랫동안 알고 지냈는데도…… 나 역시 그 부분은 잘 모른다.

"……몰라. 신 같은 아이라서."

내가 대답하자 카오루가 몇 초쯤 멍하니 나를 쳐다보더니 웃음을 터트렸다.

"나, 신이랑 싸워야 하는 거야? 이거 야단났네."

카오루가 말하고서 자리에서 일어섰다.

"매점 갖다 올게."

"응, 다녀와."

손을 흔들면서 복도를 걸어가는 카오루의 뒷모습을 바라보고서 나도 도시락을 들고서 옥상으로 향했다.

EP.12

12장

YOU ARE MY REGRET...

A story of love and dialogue between a boy and a girl with regrets.

문을 열고 옥상으로 나가니 햇볕이 너무 쨍쨍해서 절로 실눈이 떠졌다.

하늘은 쾌청. '구름 한 점 없는 하늘'이라는 말이 딱 맞는 날씨다.

"오~, 아사다."

부르는 소리에 이마에 차양을 만들듯 손을 대고서 쳐다보니 펜스 옆에 아이와 나고시 선배가 보였다.

나고시 선배가 손을 휘휘 흔들면서 한쪽 입꼬리를 씨익 올렸다.

"어제는 오다지마의 꽁무니를 좇더니만 오늘은 딴 여자애랑 점심이라."

선배의 말에 나는 얼굴을 잔뜩 찡그렸다.

민망한 소리도 정도껏 해야지.

나고시 선배와 말을 섞고 있으면 왠지 나까지도 성격이 거칠어지는 듯하다.

"단둘이 있고 싶은 녀석들도 올 수 있는 데가 옥상 아니었던가요?"

내가 며칠 전에 선배가 했던 말을 인용하여 되받아치자 그녀가 실소했다.

"나 참, 말장난으로 널 어떻게 이기겠니."

나고시 선배가 내 쪽으로 천천히 걸어왔다.

그러고는 내 귓가에 입을 대고서 말했다.

"오다지마의 히어로가 됐니? 응?"

놀려대는 듯한 말투.

이 사람은 만날 때마다 나를 도발하는 것 같다.

"……히어로가 아니라 그냥 친구입니다."

내가 대답하자 선배가 키득키득 웃었다.

"시시한 소리를 다 하네, 넌."

"진지하게 말하고 있는 겁니다."

"그걸 보고 시시하다고 하는 거랍니다~."

선배가 익살을 떨듯 입술을 삐죽 내밀었다.

그러고는 나를 위에서 들여다봤다.

"음 뭐~, 그래도 넌 확실히 애썼어. 몇 번이나 거절당했는데도 온몸으로 부딪쳤지."

선배가 부드럽게 실눈을 떴다.

그리고 내 머리 위로 두 손을 얹었다.

"어……?"

내가 어리둥절해하고 있으니 나고시 선배의 입가가 실실 풀어졌다.

"옳~지옳지옳지옳지옳지."

선배가 두 손으로 내 머리를 마구 헝클어뜨렸다.

"뭐, 뭐 하는 거예요!!"

"머리를 쓰다듬어 주고 있잖니."

"누가 봐도 머리를 헝클어뜨리고 있는 것 같은데요?!"

"리사 고로 선생님식(式) 머리 쓰다듬기다. 옳~~지옳지옳지."

"그, 그만…… 그마안!"
"앗핫핫핫!!"
나고시 선배가 깔깔 웃고서 내 머리에서 손을 뗐다.
굳이 만져보지 않아도 알 수 있을 정도로 내 머리는 부스스해졌다. 민폐도 이런 민폐가 없다.
아이 쪽을 힐끔 쳐다보니 쓴웃음을 짓고 있었다.
"……직성이 좀 풀리셨습니까?"
"음~, 대형견을 키우고 싶어졌어."
"…………."
선배의 그 대답은 여전히 진심인지 농담인지 알 수가 없었다. 나는 기가 막혀서 한숨을 내쉬었다.
문득 시선을 돌리니 선배의 가슴 주머니에…… 또 새로운 커터칼이 들어 있었다.
나는 그것을 물끄러미 쳐다보고서 말한다.
"선배, 커터칼 또 빌려도 돼요?"
선배가 어이없게 웃더니 고개를 저었다.
"너, 아직 안 돌려줬잖아. 빌려 놓고서 입을 싹 닦는 녀석한테는 안 빌려줘."
"그럼 살게요. 얼만가요?"
"100만 엔~."
선배가 실실 웃고서 옥상 문으로 향했다.
"어라, 어디 가세요?"
"어디든 상관없잖니. 단둘이서 지내고 싶은 거지~? 그렇

게 해줄 테니까 감사하라고.”

나고시 선배가 그렇게 말하고서 나에게 서투른 윙크를 날렸다.

그러고는 숨을 스읍 들이키고서 나를 봤다.

“얘, 아사다.”

“……예?”

“너, 말로 표현할 수 없는 생각이 있다……고 했잖아.”

그 말에 몸이 바짝 긴장됐다.

선배가 미소를 지으면서도 왠지 차가운 분위기를 풍겼기 때문이다.

“넌 확실히, 그 상냥한 말로, 누군가의 그런…… 말로 표현할 수 없는 생각을 이끌어 내는 데 능숙해. 하지만…….”

선배가 눈을 가늘게 뜨고서 내 눈동자 속까지 꿰뚫어보듯 쳐다봤다.

“정말로, 진심으로, 아무도 알아주길 원치 않는 사람이 있다는 걸 알아두는 편이 좋지 않을까? 그런 사람의 생활을, 네가 그 부~드러운 말로 부수고 있다는 사실을.”

선배의 말을 들으면서 내 머릿속에서 한 동급생의 모습이 떠올랐다.

“그런 식으로…… 소스케도 밀어낸 겁니까?”

내가 말하자 나고시 선배가 순간 도끼눈을 했다.

“그 녀석한테서…… 무슨 얘기라도 들었니?”

선배가 날카로운 눈으로 쳐다보며 물었다. 나는 고개를

저었다.

"그랬구나. 그 녀석 때문에 담배를 피우냐고 물어봤던 거였어."

"……."

내가 아무 말도 하지 않자 선배가 긍정으로 받아들였는지 혼자서 수긍했다.

"안도와 나 사이에는 아무 일도 없어. 아무것도, 없었어. 그래도, 그래……. 그 녀석, 아직도 날 신경 쓰고 있구나."

그녀의 음색이 너무나도 담담해서 그 안에 담겨 있을 감정을 전혀 읽을 수가 없었다.

소스케가 아이가 아닌 다른 사람 때문에 그토록 안절부절 못하는 모습은 처음 봤다. 선배와의 사이에 분명히 무슨 일이 있었구나 싶었다.

그런데 그녀의 태도는 '아무 일도 없었다'라고, 혹은 있었더라도 사소한 일에 불과하다고 말하는 듯했다.

아무 말 없이 선배의 옆모습을 보고 있었는데, 그녀가 고개를 이쪽으로 쓱 돌리면서 시선이 서로 얽히고 말았다.

"넌, 정말로 이야기를 상상하는 걸 좋아하네."

"……예?"

"모든 사람들한테는 저마다 이야기가 있고, 그 안에서 움직이는 감정이 있고, 나는 그걸 귀중하다고 여기고 있어."

선배의 눈이 서서히 가늘어졌다. 날카로운 시선이 나를 찔렀다.

심장을 직접 움켜쥔 것 같은 기분이었다.

"내게, 이야기 따윈 없어."

그녀가 단호히 말했다.

그리고 입으로는 웃고 있지만, 눈으로는 싸늘하게 나를 쳐다봤다.

"그러니…… 이제는, 더는 안으로 발을 들이지 마."

선배의 말에서 왠지 모를 압박이 느껴져서 나는 아무 말도 할 수 없었다.

입만 뻐끔거릴 뿐 말이 떠오르질 않는다. 무슨 말을 하든 분명 그녀의 마음에는 닿지 않을 것 같았다.

몇 초쯤 침묵한 뒤에 나고시 선배가 손뼉을 팡 치고서 웃었다.

"놀랐지!"

대놓고 부자연스럽게 '평상시 상태'로 되돌아온 선배가 옥상 출입구 쪽으로 느릿하게 걸어갔다. 그대로 문손잡이를 잡고서 말한다.

"요전에 빌려줬던 커터칼, 다음에 만나면 돌려줘~. 아예 준 거 아니거든."

그 말만 하고서 선배가 손을 살랑살랑 흔들면서 옥상에서 나갔다.

……정말로 속을 읽을 수 없는 사람이다.

아무도 알아주길 원치 않는 사람의 생활을……, 내 말이 파괴한다.

선배가 말하고자 하는 바를 분명 이해하지 못했을 텐데도 왠지 모를 공포가 느껴졌다.

그리고 소스케와 나고시 선배의 관계 역시…… 모르는 것 투성이다.

"유즈루!"

이름이 불리자 흠칫했다.

돌아보니 아이가 뭐라 형언할 수 없는 표정으로 나를 보고 있었다.

"아, 미안……. 대화에 몰두해서."

"으으응, 괜찮아. 그보다도, 이쪽!"

아이가 손짓을 하자 나는 고개를 끄덕이고서 아이 곁으로 다가갔다.

펜스에 기대듯 나란히 앉았다.

"……저 사람, 알아?"

아이가 그렇게 물으면서 애써 웃어보였지만, 왠지 어색하게 보였다.

"응. 독서부, 유령부원."

"그렇구나……."

아이가 어떤 생각인지 알 수없는 모호한 표정으로 끄덕이고서 옥상 문을 쳐다봤다.

지금 여기에 없는 나고시 선배의 뒷모습을 바라보고 있는 듯했다.

"왠지…… 그 사람, 무섭네."

"……어?"

아이가 그렇게 말하는 것을 처음 들어서 무심코 목소리가 뒤집어졌다.

아이도 헉, 하고 숨을 삼키고서 무릎 위에 올려둔 도시락 꾸러미를 주섬주섬 펼쳤다.

"그보다도, 점심 먹자!"

"으, 응……!"

나도 고개를 끄덕이고서 도시락 상자를 열었다.

"잘 먹겠습니다."

"잘 먹겠습니다~."

손을 모아 인사한 뒤 각자 점심밥을 입으로 가져간다.

아이는 반찬보다 먼저 흰쌀밥을 젓가락으로 듬뿍 집어서 입에 넣는다.

입 크기에 맞지 않는 많은 양인데도 괘념치 않고 입에 밀어 넣는 모습이 왠지 토끼 같은 동물 같아서 귀여웠다.

그런 식으로 밥을 먹으니 입가에 그만 밥풀이 묻고 말았다.

"아이, 밥풀 묻었어."

내가 밥풀을 가리키자 아이가 '응?!' 하고 목소리를 높이고서 입 안에 담긴 쌀을 열심히 씹었다.

그러고는 '어디~?' 하고 본인의 얼굴을 나에게 보였다.

손으로 만져서 확인해 보면 될 텐데……. 그리 생각하면서도 나는 아이의 입가로 조심스럽게 손가락을 가져갔다.

"거기."

아이가 어린 새처럼 고개를 갸웃거린다.
"어디~?"
"그러니까, 거기."
"떼 줘."
"어?"
무심코 손을 갖다 대고 말았다.
역시나 입가에 붙은 밥풀을 떼려니 거부감이 들었다. 물론 더러워서 그런 게 아니라…… 심장이 두근두근 뛸 테니까.
그러나 아이는 내 반응이 마뜩잖았는지 토라진 것처럼 입꼬리를 축 늘어뜨렸다. 그에 맞춰서 밥풀이 아래로 홱 이동해서 무심코 웃음이 터져버렸다.
"뭐야~?! 왜 웃는 거야!!"
"아니, 밥풀이…… 후훗."
"얼른 떼 줘."
"아, 알겠어……."
'떼주기 전까지는 용서하지 않겠다'는 결의가 느껴져서 나도 체념하고서 아이의 입 쪽으로 손을 조심스레 뻗었다.
밥풀을 꾹 눌러서 손가락에 붙였다.
묘하게 두근거려서 손이 떨린다.
"……자, 뗐어."
"아암."
"와아??!!"
아이가 곧바로 내 손가락에 붙은 밥풀을 먹어 버려서 괴성이 나오고 말았다.

손가락 끝에 아이의 부드러운 입술 감촉이 남아 있어서 얼굴이 급격하게 뜨거워졌다.

"헤헤, 고마워~."

"…………아이."

"두근거렸어?"

"…………하아."

내가 아무 대답도 못하고 한숨을 내쉬자 아이가 방울이 굴러가듯 까르륵 웃었다.

이제는 예전처럼 천진난만하기만 한 여자애가 아니라는 사실을 깨달았다.

그 순수함을 지닌 채로 일직선으로 공격하고 있다.

나도 이런 식으로 호의를 전할 수 있다면……. 그런 생각을 안 해본 건 아니지만, 잠깐 상상해 보니 도저히 어려울 것 같다.

더욱이 나까지 흥분해 버리면 우리는 틀림없이 교제를 또 시작해 버릴 것 같다.

……옥상에 오기 전에 카오루와 나눴던 대화를 떠올린다.

나는 명확히 아이에게 끌리고 있다. 이성으로서 좋아한다고 생각한다.

그러나…… 한편으로는 아직 그녀가 어떤 사람인지 거의 모른다는 생각도 든다.

미스터리하다고 말해 버리면 간단하지만, 그런 단순한 단어로 치부해 버려서는 안 될 것 같은 신비로움이 그녀에게 감도는 듯했다.

그걸 모르는 채로 동경하는 마음만으로 접근했다가…… 실패를 또 겪고 싶지는 않다.

시간을 더 들여서 서로를 알아가고, 그런 상태에서…… 다시 한번 시작하고 싶다.

그렇게 생각하고 있으니 어느새 옆에서 아이가 하늘을 올려다보고 있었다.

덩달아서 하늘을 올려다본다. 구름 한 점 없어서 파란색에 빨려들 것만 같았다.

"카오루 짱, 학교에 또 와줘서 잘 됐네."

아이가 불쑥 말했다.

나는 조용히 고개를 끄덕였다.

"……응."

"부실에도, 또 와주면 좋겠네."

"그러게."

아이의 말이 하늘을 향해 날아간다.

그리고 하늘에서 내려온 그녀의 목소리에 화답하듯 나도 고개를 끄덕였다.

나는 이렇게 평온한 캐치볼을 좋아한다.

"유즈루?"

"응?"

아이가 고개를 갸웃거리고서 내 쪽으로 고개를 돌렸다.

나도 그쪽으로 시선을 돌리자 아이가 온화하게 실눈을 뜨고서 말했다.

"카오루 짱이 좋아한다고 했어?"

"……어?"

내가 당황하자 아이가 키득 웃었다.

"말했구나."

"아니, 저기……."

"잘됐어."

아이가 그렇게 툭 말하자 내 눈이 휘둥그레졌다.

"잘됐다……니, 뭐가?"

내가 바로 묻자 아이가 하늘을 또 올려다봤다.

"카오루 짱, 괴로워하는 것 같았거든."

아이가 온화한 표정으로 말을 이어나간다.

"마음을 전하지 못한 채 언젠가 길이 엇갈린 뒤에 과거를 후회하는 건 정말로 괴로워……. 나도 그걸 잘 아니까……."

아이가 그렇게 말하고서 내 얼굴을 봤다.

"그러니까, 카오루 짱도 후회하길 원치 않아."

아이가 눈을 감고서 고개를 저었다.

"근데, 그런 말을 내 입으로 하면…… 이렇게, 더 눈치를 더 볼 거 아냐."

나는 그런 말을 하는 아이를 묵묵히 쳐다보고 있었다.

역시 아이는 나보다도 훨씬 사물을 깊이깊이 들여다보고 있구나.

"유즈루는, 마음이 가는대로 따르도록 해."
아이가 말했다.
"……어?"
말뜻을 이해하지 못하고 나는 눈동자를 이리저리 굴렸다.
"무, 무슨 소리야……?"
"그러니까……."
아이가 말하면서 내 손을 잡았다.
아이의 손은, 역시나, 따뜻하다.
"진심으로 좋아하는 사람이랑, 꼭 사귀라는 말이야."
아이가 내 손을 쥐고 있는 손에 힘을 줬다.
말이 잘 나오질 않았다.
아이가 그런 말을 할 줄은 상상도 하지 못했다.

'많이 좋아하니까, 날 좋아해 주기야?'

그녀가 나에게 그렇게 말했다.
'유즈루는 반드시 아이를 좋아하게 될 거'라는 천진난만한 자신감에서 비롯된 말이라고 지레짐작했지만…….
아이는 내가 카오루를 좋아하게 될 가능성도 고려하고 있는 걸까.
"있지, 약속이야."
아이가 몸을 내 쪽으로 틀고서 두 손으로 내 오른쪽 주먹을 감쌌다.

그리고 기원하듯 말했다.
"유즈루도, 또…… 후회하지 마."
아이의 말을 듣고 나는 숨을 깊이 들이마셨다.
……똑같다.
똑같다는 걸 알았다.
나는 이제 그 누구 때문이든 후회하고 싶지 않다.
아이 때문이든…… 카오루 때문이든.
그리고 아이도 분명 똑같다.
내가 후회를 품은 채로 아이와 함께 한다면 분명…… 그녀도 후회를 품고 말 것이다.
우리는 이제 막 진정한 대화를 나누기 시작했으니…… 마지막까지 마음의 말을 계속 전해야만 한다.
나는 조용히 고개를 끄덕였다.
"응. 알고 있어."
내가 수긍하자 아이가 만족스레 미소를 지었다.
그리고는 본인의 도시락 상자에서 예쁜 레몬색 계란말이를 젓가락으로 집어서 그대로 내 앞에 내밀었다.
"자, 유즈루."
"어?"
"아~앙."
내가 굳어버리자 아이가 뾰로통한 표정을 짓더니 다시 한 번 계란말이를 내밀었다.
"아~~앙!"

"아, 응. 아~앙……."
"후후, 맛있어?"
"아, 달아……."
"단 거 싫어해?"
"싫어하지는 않지만……."
"짭짤한 쪽이 더 좋아?"
"으, 응…… 취향을 말하자면……."
"그렇구나, 그럼 다음에는 짭짤하게 만들어 올게!"
그렇게 말을 주고받으니 내 심장이 또 두근두근 뛰었다.
중학생 시절 아이와 헤어진 뒤…… 이렇게 또 일상을 함께 보내게 될 줄은 상상도 못했다.
"아까는 그렇게 말하긴 했지만."
아이가 싱글벙글 웃으면서 읊조리듯 말했다.
"날, 좋아해 주기야."
아이의 말은 언제나 올곧다.
나는 겸연쩍게 웃으면서 콧등을 긁적였다.
"그런 얘기를 한 뒤에 그렇게 말하니 뭐라고 대답해야 좋을지……."
내가 쓴웃음을 짓자 아이가 웃음을 터뜨렸다.
아이가 옆에 있는 생활.
그리고 부실에 카오루가 있는 생활.
현재 나는 양쪽 모두를 '당연'하다는 듯 인식하고 있음을 실감했다.

그리고 언젠가 둘 중 하나를 택하는 때가 온다.
그렇게 생각하니 가슴이 살짝 옥죄는 듯했다.
달콤한 일상 속에 일말의 아픔이 섞인다.
이게 사랑인가…… 싶었다.

EPILOGUE

에필로그

YOU ARE MY REGRET...

A story of love and
dialogue between
a boy and a girl with
regrets.

"더워……."

소파에 앉아 있는 카오루가 부실에 달린 에어컨을 째려보며 말했다.

문고본을 읽다가 덩달아 에어컨을 쳐다봤다.

"올해는 유독 냉기가 약한 것 같아. 교체 좀 해주면 좋을 텐데."

내가 말하자 카오루가 흥, 하고 콧소리를 흘렸다.

"제대로 활동하는 부원이 한 명밖에 없는 부실이니까. 고쳐줄 리가 없어."

카오루가 말하고서 가방에서 빨간색 책받침을 꺼내 제 몸을 펄럭펄럭 부채질했다.

몸을 앞으로 기울인 채로 부채질을 하고 있는지라 풀어놓은 두 번째 단추 부근이 살랑 흔들리면서 카오루의 윗가슴이 슬쩍 드러났다.

내가 시선을 홱 돌려 다시 문고본을 내려다보자.

"유즈."

카오루가 불렀다.

시선을 그쪽으로 돌리니 카오루가 생긋 웃으며 나를 보고 있었다.

"……봤지?"

그 물음에 나는 눈을 이리저리 돌렸다. 눈동자를 무심코 굴린 순간에 아차 싶었지만, 이미 늦었다.

"봤구나."

“아니, 그러니까…….”
“밝히긴~.”
“그렇게 말할 거면 두 번째 단추를 채우라고!”
“싫어, 더운걸.”
“다들 더워도 제대로 채우고 있어. 나고시 선배도 채우고 있다고.”
“우와, 선배의 가슴도 체크하고 있는 거야. 우엑.”
“안 했어!!!”
내가 큰소리를 내자 카오루가 우스운지 입을 벌리고 웃었다.
……놀림거리가 되다니.
기분이 석연치 않지만, 이런 상황에서 화를 내면 도리어 나만 데인다는 걸 잘 알고 있다.
카오루가 소파에 푹 기대고서 책받침으로 계속 부채질을 하고 있다.
“하~, 웃었더니 더 더워졌어. 이거 어떻게 할 거야.”
“이번만은 확실히 카오루가 나빠.”
“음후후.”
웃음으로 얼버무렸다.
사과할 마음이 전혀 없는 것 같지만, 나도 엎드려서 절을 받고 싶지는 않으므로 그냥 내버려 두자.
플라스틱 책받침이 구부러질 때마다 나는, 독특한 뭉뭉거리는 소리를 한동안 듣고 있었다.

"…………그러고 보니."

카오루가 더워하는 모습을 보니 문득 떠오르는 게 있었다.

"요즘에, 라면 안 먹네."

내가 말하자 카오루가 어리둥절해하며 이쪽을 쳐다봤다.

카오루가 부실에 또 얼굴을 비치게 된 지 벌써 일주일 넘게 지났다.

돌이켜 보니 그 동안에 그녀가 부실에서 컵라면을 먹는 모습을 한 번도 본 적이 없었다.

"아~."

카오루가 어벙한 소리를 흘리며 나에게서 눈길을 돌렸다.

그러고는 조금 겸연쩍어하며 말했다.

"집에 돌아가면…… 밥을 먹을 수 있거든. 이제 필요 없다고 해야 할까."

카오루가 그렇게 말하자 가슴 언저리가 뜨거워지는 듯했다.

입꼬리가 조금씩 올라간다.

"그렇구나………… 그래, 그랬어."

내가 얼빠진 것처럼 고개를 연거푸 끄덕이자 카오루가 째려봤다.

"뭐야."

"아냐, 암것도. ……잘 됐다."

내가 그렇게만 말하자 카오루가 조금 창피한지 흥, 하고 콧소리를 흘렸다.

카오루네 집도 조금씩 바뀌어 가고 있구나.
더는 아무것도 물어볼 필요가 없다.
카오루가 말하고 싶어지면 분명 언젠가 말해 주겠지.
"놀자~!"
부실 문이 힘차게 드르륵 열렸다.
물론 아이다.
이렇게 시끌벅적하게 찾아오는 사람은 그녀밖에 없다.
방에 성큼성큼 들어와 카오루에게 묻지도 않고 그녀 옆에 털썩 앉는 아이.
"우와~, 오늘 덥네."
싱글벙글 웃고 있는 아이는 앞머리가 이마에 착 달라붙을 만큼 땀을 흘리고 있었다.
"땀 좀 봐. 얼른 닦아."
옆에 앉은 아이에게서 슬금슬금 거리를 벌리며 카오루가 말했다.
"그게~, 하필 오늘 수건을 챙기는 걸 깜빡해서."
"그렇다고 해도 땀을 너무 흘린 거 아냐?"
"육상부 인터벌 트레이닝을 같이 했거든."
"하아……? 왜."
"어~? 더운 날에 달리면 즐거울 것 같아서! 저 좀 끼워줄 수 없나요? 하고 부탁했더니 좋아~! 라고 하길래."
"무슨 공원에서 뛰노는 초등학생도 아니고……."
카오루가 진심으로 어이없다는 표정으로 말하면서도 가

방에서 수건을 꺼내 아이에게 건넸다.
“어, 써도 돼?”
“써. 세탁해서 돌려줘.”
“엥~! 내 땀, 그렇게 냄새 나?”
“그런 문제가 아냐.”
얼굴을 찡그리는 카오루를 보고서 늘 그렇듯 즐겁게 웃는 아이.
이제는 아이가 부실에 불쑥 찾아오더라도 카오루가 투덜거리지 않게 됐다.
투덜거리기는커녕 나를 내버려 두고서 자기들끼리만 대화를 나누는 경우도 잦아졌다.
이미 카오루도, 아이도 서로가 있는 생활을 당연하게 받아들이고 있다는 뜻이겠지.
그건 나도 기쁘다.
“셔츠가 달라붙었잖아…….”
“땀을 흘렸으니 어쩔 수 없어.”
“그래도 정도껏 해야지. 속살이 훤히 비치니까.”
“내의를 입었으니까 괜찮은걸.”
“내의가 비치기만 해도 남자들은 야한 눈으로 쳐다보는 법이야.”
카오루와 아이의 대화가 이상한 방향으로 흘러가고 있음을 느끼고서 나는 두 사람의 시야에 들어가지 않도록 위치를 슬쩍 조정했다.

"저거 봐, 유즈도 안절부절못하잖아."

"유즈루는 봐도 되는데?"

"그런 문제가 아냐!"

아이가 앞에 있으니 카오루가 마치 보호자 같았다.

여자들의 대화를 더 듣고 있으려니 왠지 낯간지러워서 나는 애써 문고본 내용에 의식을 집중했다.

방과 후 왁자지껄한 소리, 축축한 부실. 매미 소리.

에어컨이 냉기를 토하는 소리. 책장을 훌훌 넘기는 소리.

그리고 소중한 친구들이 즐겁게 재잘대는 소리.

내 생활 속에 섞여 있는 리듬이 하나씩 늘어간다.

책 속에 갇혀 있던 세계가 열려가는 듯했다.

다만 마음속에 쌓아두기만 했던 '말'이 누군가의 말과 이어지면서 확장되어 간다.

조금씩, 조금씩…….

나는 나의 '말'을 손에 넣어간다.

그러다 보면 언젠가 후회 없이 대화할 수 있게 되는 걸까?

받은 마음을 솔직한 말로 되돌려줄 수 있게 되는 걸까…….

전보다는 떠들썩해지고, 그리고 조금 더 후덥지근해진 부실 안에서 미래를……, 조금 싱숭생숭한 마음으로 생각한다.

큰비가 내리는 계절을 지나 본격적인 여름이 시작되려고 하고 있다.

작가 후기

안녕하세요. 시메사바입니다.

인터넷에서 소소하게 글을 쓰고 있는 사람입니다. '너는 나의 후회'도 어느 덧 2권이 발매되었습니다. 정말로 멋진 팀과 함께 작업을 하고 있다는 사실에 매일매일 감사하고 있습니다.

자, 1권 때처럼 뜬금없습니다만, 정수기 이야기를 하겠습니다.

실은 최근에 이사를 했는데, 내친김에 방에다가 정수기를 설치했습니다.

이거 참 편리한 기구더라고요……!

전 보통 사람보다(어디까지나 느낌인지라 자세한 수치에 근거한 이야기는 아닙니다) 물을 많이 마십니다. 하루에 대략 3리터쯤 마실까요.

이번에 이사를 간 곳은 임차 단독주택입니다. 제 방은 2층에 있고, 수돗물이 나오는 거실은 1층에 있어서 물을 마시러 매번 거실로 내려가야만 하는지라 무척 번거롭습니다. 그래서 차라리 방에다가 물이 나오는 장치를 설치해 버리자! 라는 생각을 했던 겁니다.

여러분들은 이미 다 아실까요? 요즘 정수기에서는 뜨거운 물이 나옵니다! 일단 안전을 위해서 찬물과 달리 조작이 복잡하긴 합니다만, 물을 손수 끓이는 수고로움 없이 뜨거운 물을 쓸 수 있습니다.

언제든지 물을 마실 수 있다는 것도 편리합니다만, '뜨거운 물이 나오는 기능'도 정말로 편해서 요즘에 티백 홍차나 허브티를 마시는 횟수가 부쩍 늘었습니다.

그리고 물을 빼는 횟수도 덩달아 늘어나서 1층 화장실과 2층 방을 자주 오가고 있는데……, 어라? 그럼 물을 마시러 거실로 내려갔던 때와 별반 차이가……?

…………어쨌든, 편리합니다.

수돗물을 그냥 마시는 것보다는 비용이 압도적으로 비쌉니다만, 물을 자주 마시는 사람에게는 편리하면서도, 의외로 돈이 절약되는 측면도 있으므로 만약에 이 후기를 보고서 흥미가 생기셨다면 부디 알아보십시오.

그리고 관계가 있는 듯 없는 이야기입니다만, 차나 커피를 마시면 수분이 보충된 듯한 기분이 들지만, 실상은 음료에서 수분을 빼내기 위해서 몸 속 수분을 사용하므로 효과가 별로 없다고 합니다.

평소에 차나 커피를 자주 마시는 분들은 반드시 맹물도 틈틈이 마셔주세요.

자, 여기서부터는 감사 인사를 올리겠습니다.

우선 이번에도 스케줄이 빡빡했는데도 웃으면서 대응해주신 카지와라 편집자님, 감사합니다. 늘 도움만 받고 있습니다. 일러스트레이터님과 의견을 주고받을 때 중간에서 잘 전달해 주셔서 늘 감사합니다.

다음으로는 대단히 바쁘실 뿐만 아니라 몸도 성치 않은데도(정말로 몸조심하세요) 이번에도 근사한 일러스트를 그려주신 시구레 우이 씨, 정말로 감사합니다. 표지 일러스트 러프를 받았을 때 카지와라 씨와 둘이서 춤을 췄습니다. 모든 캐릭터들을 세심히 그리고 있다는 마음이 전해져서 정말로 기뻤습니다. 오다지마 카오루도 시구레 씨의 일러스트가 아니었다면 이토록 압도적인 히로인이 되지는 못했을 겁니다.

그리고 분명 저보다도 문장을 더 진지하게 읽어주셨을 교정 담당자님(늘 세세한 부분까지 지적해 주시고 제안해 주셔서 정말 기쁩니다)과 그 밖에 출판 과정에 관여해주신 모든 분들께 진심으로 감사드립니다. 고맙습니다.

마지막으로 이 책을 구입해주신 여러분, 감사합니다. 1권에 이어서 2권까지 읽어주셨다는 사실 자체가 저에게는 큰 행복입니다.

여러분들과 제가 쓴 이야기가 또 만나길 기원하면서 후기를 마무리하겠습니다.

시메사바

너는 나의 후회 2

2023년 5월 1일 1판 1쇄 발행

저 자 시메사바
일러스트 시구레 우이
옮 긴 이 박춘상
발 행 인 유재옥
본 부 장 조병권
담당편집 정지원
편 집 1 팀 김준균 김혜연
편 집 2 팀 박치우 정영길 정지원 조찬희
편 집 3 팀 오준영 이해빈
편 집 4 팀 전태영 박소연
라이츠담당 김정미 맹미영 이윤서
디 지 털 박상섭 김지연
미 술 김보라 박민솔
발 행 처 ㈜소미미디어
인쇄제작처 ㈜코리아피앤피
등 록 제2015-000008호
주 소 서울시 마포구 토정로222, 403호 (신수동, 한국출판콘텐츠센터)
판 매 ㈜소미미디어
영 업 박종욱
마 케 팅 한민지 최원석 박수진 최정연
물 류 허석용
전 화 (02)567-3388, Fax (02)322-7665

ISBN 979-11-384-7812-0
ISBN 979-11-384-3588-8 (세트)